Lebensfaden
der Liebe

Juergen von Rehberg

Lebensfaden der Liebe

Tyches Pakt mit den Moiren

*Bibliografische Information der Deutschen National-
bibliothek:*
*Die Deutsche Nationalbibliothek verzeichnet diese
Publikation in der Deutschen Nationalbibliografie;
detaillierte bibliografische Daten sind im Internet
über http://dnb.dnb.de abrufbar.*

© 2022 Juergen von Rehberg

*Herstellung und Verlag: BoD – Books on Demand,
Norderstedt*

ISBN : 9783754372005

Verehrte Leserschaft!

*Ich möchte Sie verführen und mit Ihnen eine gemischte Zeitreise unternehmen, die aus dem **Hier und Jetzt** besteht und aus der Zeit, da die Menschen einen gewissen **Jupiter** angebetet haben und noch **anderen Gottwesen** huldigten.*

*Die Protagonisten sind die **Sterblichen Georg und Clara** auf der einen Seite, sowie die **Moiren Atropos, Lachesis und Klotho** und eine weitere **Schicksalsgöttin** mit Namen **Tyche** auf der anderen Seite.*

*Ach ja, dann ist da noch **Ananke**. Aber dazu später mehr.*

Für alle die, welchen die griechische Mythologie nicht so geläufig ist, habe ich hier eine kleine Einführung:

*Die Moiren **Klotho, Lachesis und Atropos** verkörpern in der griechischen Mythologie das dem Menschen zugewiesene Schicksal.*

***Klotho** (deutsch „Spinnerin") ist in der griechischen Mythologie die jüngste der drei Moiren. Ihre Aufgabe ist es, den Lebensfaden zu spinnen, der von **Lachesis** bemessen und von **Atropos** abgeschnitten wird.*

***Lachesis** (deutsch „Zuteilerin") ist in der griechischen Mythologie die mittlere der drei Moiren. Ihre Aufgabe ist es, die Länge des Lebensfadens zu bemessen.*

Atropos *(deutsch „Unabwendbare") ist in der grie-chischen Mythologie die älteste der drei Moiren. Als Zerstörerin war es ihre Aufgabe, den Lebensfaden zu zerschneiden.*

Ananke, *(deutsch „das Verhängnis, die Zwangsläu-figkeit") ist in der griechischen Mythologie die Per-sonifizierung des unpersönlichen Schicksals, im Un-terschied zu den Moiren. Sie ist auch die Mutter der Moiren.*

Tyche, *die Göttin des Schicksals, der glücklichen (oder bösen) Fügung und des Zufalls. Sie erhöht und erniedrigt und führt launenhaft den Wechsel der Ge-schichte herbei. Ihr Attribut ist das Füllhorn.*

*****

Clara und Georg saßen auf der Treppe, die vom Flur des Hauses, in welchem Clara mit ihrem Ehe-mann Berthold wohnte, in den ersten Stock hinauf-führte.

Es war um die mitternächtliche Stunde, und das Licht, welches sich ein kleines Stück weit von der Küche in den Flur drängte, schaffte eine Atmosphäre von Harmonie und Geborgenheit.

Clara saß oberhalb von Georg und ihr Blick ging über ihn hinweg, um sich in der Endlosigkeit zu ver-lieren.

Georg war glücklich. Er liebte Clara und genoss die Zweisamkeit. Berthold war auf Tour, genauer gesagt, fügte er seiner Leber einen weiteren Schaden hinzu.

Berthold war Alkoholiker. Er verbrachte mehr Zeit in seinem Stammlokal als bei seiner kleinen Familie zu Hause. Berthold war der typische Junggeselle, und warum er Clara geheiratet hatte, das wusste er noch nicht einmal selber.

Und warum Clara diesen Mann geheiratet hatte, das würde Georg vielleicht irgendwann einmal erfahren. Aber nicht in dieser Nacht.

„Einen Penny für deine Gedanken."

Georg sah Clara an. Clara wandte sich ihm zu und lächelte. Und für Georg war es, als ginge gerade die Sonne auf.

Man konnte es beinahe auf Claras Stirn ablesen, dass sie im Begriff war, abzuwägen, ob sie ihre Gedanken in Worte kleiden oder lieber bei sich behalten sollte.

„Wenn ich mit dir auf einer einsamen Insel wäre, dann würde ich ein Kind mit dir haben wollen…"

*****

Es war genau dieser Satz, der Tyche auf den Plan rief. Sie hatte noch niemals zuvor eine schönere Liebeserklärung gehört und sie beschloss, den beiden zu helfen.

Eintrag in das Tagebuch von Tyche:

„Wenn ich mit dir auf einer einsamen Insel wäre, dann würde ich ein Kind mit dir haben wollen..."

Das ist das Schönste, was je zwei Menschen zueinander gesagt haben, und das bringt mich auf eine Idee. Ich weiß zwar noch nicht, wohin das führen wird; aber das macht nichts.

Eine solche Liebe verdient es, dass man ihr hilft. Ich werde mein Füllhorn auf die beiden ergießen, in der Hoffnung, dass sie mit dem Inhalt sorgfältig umgehen.

Und ich werde auf jeden Fall noch mit den Moiren darüber reden. Vielleicht kann ich sie in meine Idee mit einbinden...

*****

Tyche hatte sich mit den drei Schwestern zum Kaffee verabredet.

Man kann nicht gerade sagen, dass Tyche mit ihnen befreundet gewesen wäre; aber man respektierte sich.

„Du hast uns sicher nicht eingeladen, weil dir so viel an unserer Gesellschaft liegt", sagte Atropos, die älteste der drei Schwestern, in einem zynischen Tonfall „oder irre ich mich da?"

Tyche lächelte. Atropos war nicht nur die Älteste, sie war auch die mit dem niedrigsten Sympathiewert und von einem mehr als zerstörerischen Charakter.

Das mag wohl darauf zurückzuführen sein, dass sie schließlich diejenige war, die den Lebensfaden der Sterblichen durchtrennte.

„Warum so misstrauisch, Verehrteste?", erwiderte Tyche, worauf sich das Nesthäkchen meldete:

„Wir sind nicht dumm, Tyche; also sag schon, was du von uns willst."

Tyche sah Klotho lange an, bevor sie darauf antwortete:

„Also gut, meine Damen. Ich möchte euch etwas fragen. Es geht um eine sehr spezielle Angelegenheit."

„Ich habe es doch gewusst", warf Lachesis triumphierend ein, „was kann man schon von einer launenhaften Person anderes erwarten."

„Still!"

Atropos hatte es in einem barschen Ton zu Lachesis gesagt, und Lachesis zuckte zusammen. Sie mochte ihre Schwester nicht besonders, und die Zurechtweisung schmerzte sie sehr.

„Wir sind Gast bei Tyche und wir werden uns als solche benehmen. Entschuldige dich augenblicklich bei Tyche."

„Nicht doch", versuchte Tyche Atropos zu beschwichtigen, aber diese ließ nicht ab davon.

Lachesis tat, wie ihr geheißen war und entschuldigte sich bei Tyche.

„Aber ich würde dich jetzt doch bitten, ohne Umschweife uns den Zweck deiner Einladung mitzuteilen."

Tyche schenkte noch einmal Kaffee nach und dann begann sie:

„Ich hätte da einmal eine Frage, die seltsam auf euch wirken wird. Aber vielleicht könnt ihr das auch als eine Art Herausforderung betrachten."

Mit diesen Worten hatte Tyche auf einen Schlag die ganze Aufmerksamkeit der drei Schwestern geweckt.

"Dann lass die Katze mal schnell aus dem Sack", sagte Lachesis, die den peinlichen Vorfall von eben schon wieder vergessen hatte.

„*Ich frage zunächst dich, liebe Klotho*", begann Tyche, „*kannst du – außer Lebensfäden für Sterbliche zu spinnen – auch anderes spinnen?*"

Klotho sah Tyche erstaunt an.

„*Was meinst du?*", antwortete sie, „*meinst du vielleicht Garn, mit dem man feine Gewänder fertigen kann?*"

„*Nein, nein*", erwiderte Tyche, „*etwas völlig anderes.*"

„*Nun sag schon*", mischte sich Lachesis erneut ein, was ihr einen weiteren mahnenden Blick von ihrer älteren Schwester einbrachte.

„*Könntest du dir vorstellen, einen Lebensfaden für die Liebe zu spinnen?*"

Verwirrtheit trat augenblicklich ein, und die drei Schwestern sahen einander ungläubig an.

„*Was ist das denn für ein Unsinn?*"

Klotho hatte sich als Erste wieder gefangen.

„*Das ist kein Unsinn, liebe Klotho*", erwiderte Tyche.

„*Und ob das Unsinn ist*", pflichtete Atropos ihrer kleinen Schwester bei, „*und deswegen hast du uns eingeladen? Ich glaube es nicht...*"

In diesen Worten steckte sehr viel Ablehnung, vielleicht sogar Verachtung Tyche gegenüber.

Und wahrscheinlich hätte an diesem Punkt das Gespräch sein Ende gefunden, hätte Lachesis nicht gesagt:

„Lasst sie doch erst einmal zu Ende reden. Der Gedanke ist interessant und irgendwie gefällt er mir sogar.“

Lachesis war unübersehbar die Besonnenere der drei Schwestern und wohl auch die Sympathischste. Zumindest empfand Tyche das in diesem Augenblick.

„Also gut“, erwiderte Atropos, die schon aufgestanden war, um zu gehen. Sie setzte sich wieder nieder und sagte zu Tyche:

„Dann lass einmal hören, was genau du dir vorstellst.“

Und dann erzählte Tyche die Geschichte von zwei Liebenden, die jeder für sich in einer Beziehung gefangen war, die sie nicht erfüllte, und aus der auszubrechen unmöglich schien.

Sie erzählte die Geschichte mit so viel Hingabe und mit so viel Empathie für die betreffenden Menschenkinder, dass die drei Schwestern wie gebannt zuhörten…

*****

Berthold Brauer war Finanzinspektor. Er teilte sich mit Oberamtsrat Otmar Friedmann ein Zimmer, und zusammen bildeten sie die Personalabteilung, welche durch Anita Bittler, eine Schreibkraft, vervollständigt wurde.

Berthold und Otti, wie Otmar Friedmann von all jenen genannt werden durfte, welche seinem Aufruf zum gemeinsamen Musizieren Folge geleistet hatten, waren ein eingeschworenes Team.

Otmar Friedmann war der Vorstand des „Fiskus Singers e.V.", einem Verein, der sich dem Gesang verschrieben hatte.

Es war für den Oberamtsrat eine Herzensangelegenheit, der er sich mit Haut und Haaren verschrieben hatte. Es war aber auch ein Prestigeobjekt, welches die volle Unterstützung durch den Chef der Behörde, Herrn Dir. Glöckner genoss.

Dieser ließ seinem Personalchef vollkommen freie Hand, was die Belange der „Fiskus Singers" anging, fühlte er sich doch geschmeichelt, wenn von höherer Stelle dem Chor Lob gezollt wurde.

Das ging sogar so weit, dass die Beförderungen von Mitarbeitern im Amt vornehmlich vom Wohlwollen des Personalchefs abhingen, wobei der Herr Direktor diese gönnerhaft abnickte.

Die besten Chancen auf eine Beförderung hatten alle jene, die sich „freiwillig" um eine Mitgliedschaft bei den „Fiskus Singers" bewarben.

Man könnte beinahe sagen: *„Otti rief – und alle, alle kamen."*

Geleitet wurde die Truppe vom Finanzobersekretär Eberhard Maurer, dem Schwager von Otti.

Der Vollständigkeit halber sei noch erwähnt, dass Berthold Brauer der Kassierer des Vereins war.

Eine der Wesenszüge von Otti Friedmann war Gigantomanie. Die „Fiskus Singers" wären – trotz aller Bemühungen - ein eher bescheidener Chor gewesen, gemessen an der Anzahl seiner Mitglieder.

Und also löste Otti das Problem, indem er auch „Nichtfinanzlern" den Eintritt in seinen Chor möglich und schmackhaft machte.

Wer wollte nicht eine beratende Seele zur Verfügung haben, wenn es um das Ausfüllen der Formulare für die alljährliche Steuerveranlagung ging.

Und wer, wenn nicht die bearbeitenden Köpfe, würde sich wohl besser auskennen, was die vielen Hintertürchen angeht, mit dem man dem Staat ein kleines bis größeres Sümmchen in Form einer Steuerrückvergütung aus den Rippen leiern konnte.

Und so kam es, dass der Chor „Fiskus Singers e.V." wuchs, und wuchs, und wuchs.

Eines der neu hinzugekommenen Mitglieder war Georg Obergföll, Geschäftsführer der Firma „Gebr. Hämpfling Transport GmbH & Co KG".

16

Georg war jung verheiratet mit Erna und hatte eine kleine Tochter mit ihr.

Seine große Leidenschaft war das Singen. Er war erst vor ein paar Jahren hierhergezogen, nachdem er die Stelle als Geschäftsführer angetreten hatte.

Zuvor war er bei einer Firma in einer anderen Stadt beschäftigt, in welcher er Mitglied des örtlichen Männergesangvereins war. Die Entfernung zwischen den beiden Städten wäre zu groß gewesen, um seine Mitgliedschaft aufrecht zu erhalten.

Und so kam er – aufmerksam gemacht durch einen Mitarbeiter seines neuen Arbeitgebers – zu den „Fiskus Singers." Dort freundete er sich sehr schnell mit Otti und Berthold an.

Berthold verweigerte übrigens strikt die Verunglimpfung seines Namens zu „Berti". Lediglich seine Ehefrau Clara benutzte diesen hie und da als Bestrafung, wenn der Gemahl wieder einmal vergessen hatte, rechtzeitig und im nüchternen Zustand nach Hause zu gehen.

Und das geschah in nicht allzu großen Zeitabständen.

Clara hatte sich damit arrangiert. Sie verwendete all ihre Liebe und Zeit für ihren kleinen Sohn Oliver, der seinen Vater nur sehr selten zu Gesicht bekam, weil dieser den Großteil des Tages außer Haus verbrachte.

Gelegentliche Ausnahmen waren durch Verstimmungen des Magens bedingt, wenn Berthold dem intensiven Alkoholkonsum wieder einmal Tribut zollen musste.

Dann gab es für zwei, drei Tage Kamillentee anstatt Weißwein. Die Farbe des Getränks blieb beibehalten, nur der Geschmack war stark verändert.

Das Leben von Clara Brauer wäre wohl bis in alle Ewigkeit so weitergelaufen, hätte nicht eine schicksalhafte Begegnung etwas bei ihr verändert.

Die Begegnung hatte auch einen Namen. Sie hieß Georg Obergföll, zweiter Tenor bei den „Fiskus Singers" und es geschah wenige Tage vor Weihnachten.

*****

Wie alle Jahre konkurrierten auch heuer wieder die Damen der Chormitglieder mit ihren selbst gebackenen Weihnachtsplätzchen.

Zu dieser Pflichtveranstaltung kamen alle und ein Fernbleiben hätte Vorstand Otti keinesfalls toleriert, ausgenommen eine schwere Krankheit wäre der Grund dafür gewesen.

Georg und Berthold saßen sich an einer langen Tafel gegenüber. Georgs Ehefrau Erna konnte an der Feier nicht teilnehmen, weil die kleine Sabine mit Fieber das Bett hüten musste.

„Guten Abend! Ein neues Gesicht?"

Clara war gerade eingetroffen und hatte neben Berthold Platz genommen. Sie stellte einen Papierteller mit Weihnachtsplätzchen auf den Tisch und begrüßte dann die Tischnachbarn.

„Das ist Georg", stellte Berthold seinen Sangesbruder vor, worauf Georg sagte:

„Guten Abend, Frau Brauer. Ich freue mich sehr, Sie kennenzulernen."

Und dann ging die Sonne auf.

Georg sah in ein Gesicht, aus welchem ihm ein Lächeln entgegenstrahlte, das ihm beinahe den Atem nahm.

„Ich heiße Clara."

Georg starrte gebannt auf den kleinen Mund, aus welchem ihm diese Worte entgegengekommen waren. Es war ein besonders schöner Mund und er war ungeschminkt.

„Ich heiße Georg", sagte Georg, und er fühlte, wie eine leichte Wärme in seinem Gesicht aufstieg.

Clara lächelte noch immer, und obwohl sie nichts sagte, hörte er, wie sie sagte:

„Ich weiß, Georg…"

In diesem Augenblick ertönte die Stimme des Vereinsgranden, der mit launigen Worten die Anwesenden begrüßte.

Am Ende seiner „Weihnachtsansprache" brandete heftiger Applaus auf, bevor man sich auf Glühwein und hausgemachtes Gebäck stürzte.

„Wollte Ihre Frau nicht mitkommen?"

Georg sah Clara überrascht an. Woher konnte sie wissen, dass er verheiratet war? *„Unsinn"*, sagte er zu sich selbst, *„Berthold hat ihr das bestimmt schon gesagt"*.

„Unser Kind ist krank", antwortete Georg hastig.

„Das tut mir leid", erwiderte Clara, und ihr Lächeln, in welchem sich Georg bis eben noch gesonnt hatte, war einem sorgenvollen Blick gewichen.

„Ist nicht so schlimm", sagte Georg, *„ein bisschen Fieber. Das vergeht wieder."*

„Hoffentlich", erwiderte Clara, *„aber bei Kindern geht das wirklich recht schnell. Bitte, richten sie ihrer Frau liebe Grüße aus und für – wie heißt eigentlich ihre Tochter?"*

„Sabine", antwortete Georg, und Clara fügte hinzu:

„Dann liebe Genesungswünsche für Sabine."

Das Lächeln in Claras Gesicht war wieder zurückgekehrt, und Georg empfand es wie eine Einladung, es ihr gleichzutun.

Und dann geschah es. Ein Zauber legte sich auf zwei Menschen, die sich noch vor wenigen Augenblicken völlig fremd waren, und der ein Band um sie schlang, das so zart war wie der Flügelschlag eines Schmetterlings.

Ein lautes, fast polterndes Lachen drang in Georgs Ohr. Es kam von Berthold, der von alledem nichts mitbekommen hatte.

Berthold hatte seinen Arm um Gertrudes Schulter gelegt, die zu seiner Rechten saß, die ledig war und die den Genüssen und Freuden des Lebens bejahend gegenüberstand.

Man hätte meinen können, Gertrude wäre Bertholds Ehefrau und nicht Clara.

Clara, welcher der Heiterkeitsausbruch ihres Gatten nicht entgangen war, zeigte sich völlig unbeeindruckt davon. Ihr Blick blieb fest bei Georg verhaftet.

Eberhard Maurer, der Chorleiter, animierte die Anwesenden, ein paar Weihnachtslieder anzustimmen und begleitete den Gesang mit seiner Ziehharmonika.

Der Abend war schon sehr weit fortgeschritten und die Reihen hatte sich schon gelichtet. Nur die üblichen „Verdächtigen" hielten ihr Glas fest in der Hand und stopften sich sporadisch ein Weihnachtsplätzchen in den Mund.

„Ich denke, wir brechen langsam auf", machte Clara einen zaghaften Versuch, ihren Ehemann aus den Klauen von Gertrude zu befreien.

„Nichts da", erwiderte Berthold trotzig, *„erst trinken wir noch etwas Gescheites."*

Er wollte gerade aufstehen, um eine Flasche Wein aus dem Kühlschrank zu holen, der stets wohlgefüllt war, um nach den jeweiligen Proben des Chors die durstigen, trockenen Kehlen zu ölen.

„Bleib sitzen, ich mache das schon."

Es war die Stimme des Vorsitzenden Otti, dessen Ehefrau Melitta schon vor einer Stunde gegangen war.

Otti brachte Wein und Gläser auf einem Tablett und stellte es mit den Worten auf den Tisch:

„Glühwein gehört zwar zu Weihnachten; aber das ist etwas für Frauen. Echte Männer trinken echten Wein. Stimmt`s?"

„Jawohl", pflichtete Berthold seinem Vorgesetzten bei, wobei beide Männer unrecht hatten, denn Glühwein hat speziell mit Weihnachten ebenso wenig zu tun wie der amerikanische Weihnachtsmann.

Georg bewunderte Clara. Jede andere Frau wäre jetzt empört aufgestanden und gegangen. Nicht so

Clara. Sie lächelte, als ob ihr der Gedanke gefallen würde. Aber dass dem nicht so war, davon war Georg zutiefst überzeugt.

„Müssen Sie nicht nach Hause, um nach Ihrer Tochter zu schauen?"

Die Frage überraschte Georg. War es die Sorge um Georgs kleine Tochter oder wollte sie ihn nur aus den Klauen der Alkohol-Junkies befreien?

„Jetzt ist Schluss mit der Siezerei".

Berthold hatte seinen Arm von Gertrudes Schulter genommen und sich Georg zugewandt. Es war unübersehbar, dass die Menge Alkohol schon erkennbar Wirkung zeigte.

„Jetzt wird Brüderschaft getrunken."

Georg sah Clara an. Zum einen gefiel ihm der Gedanke, aber zum anderen wollte er nicht, dass sich Clara dazu genötigt fühlte.

Clara zerstreute Georgs Gedanken, indem sie ihm ihr Glas entgegenhielt und sagte:

„Auf Du und Du, lieber Georg. Aber nur, wenn es recht ist."

„Sehr gern, liebe Clara", antwortete Georg freudig und wollte gerade mit Clara anstoßen, als Otti sagte.

„Nicht so! Das muss richtig gemacht werden."

Damit deutete er an, dass man Brüderschaft mit verhakten Armen macht, indem man dann so trinkt und sich danach einen Kuss gibt.

Clara kam der Aufforderung nach und Georg schloss sich an. Sie nahmen einen tiefen Zug aus ihren Gläsern und lösten sich danach.

Dann hielt Clara ihren zum Kuss geformten Mund Georg entgegen und schloss die Augen.

Georg legte seine Lippen auf Claras Lippen und dann erklang ein Glockengeläute, das auch nicht aufhörte, als sich ihre Münder wieder voneinander gelöst hatten. Und in Claras Augen erstrahlte ein Feuerwerk, das nur Georg sehen konnte.

Doch es gab jemanden, dem dies alles nicht entgangen war. Es war ein Wesen, das nicht von dieser Welt war. Es hieß Tyche und war eine Göttin, und ihr gefiel, was sie gesehen hatte.

*****

Zur selben Zeit, als die Herzen von Clara und Georg aufeinander zuflogen, stellten sich auch bei deren Ehepartnern Gefühle ein.

Diese waren jedoch von einer anderen Art, und sie kamen nicht aus den Herzen, sondern aus einer ganz anderen Körperregion.

Berthold Brauer war ein Casanova, ein Womanizer oder wie immer man solche Menschen auch bezeichnen mag. Er hatte eben das gewisse Etwas.

Berthold war ein Tier, ständig auf der Suche nach Beute, und in Erna fand er ein willfähriges Opfer.

Erna war das genaue Gegenteil von Clara. Sie war groß, sie war keck, und sie liebte das Spiel mit dem Feuer.

So blieb es nicht aus, dass die vier Menschen, die das Schicksal zusammengeführt hatte, ständig ihre gegenseitige Nähe suchten.

Während Berthold Erna unverhohlen Avancen machte, begnügten sich Georg und Clara mit zärtlichen Blicken, welche wie das gegenseitige Berühren ihrer Herzen waren.

Man traf sich an jedem Wochenende, um sich mit Kartenspiel und Wein zu vergnügen. Clara hatte den drei anderen ein altes Kartenspiel aus ihrer dänischen Heimat beigebracht, welches „ Stýrivolt" hieß.

Hierbei werden zwei Teams gegründet, die sich mit Begriffen wie „Karniffil" (Bube) oder „Pavstur" (Papst) beschäftigen.

Die Teamzusammensetzung war allemal dieselbe: Erna und Berthold vs Clara und Georg.

So spielte man bestens gelaunt bis weit über Mitternacht, und beim Verabschieden freute man sich schon wieder auf die nächste Begegnung.

Die Treffen zum Kartenspiel fanden ausschließlich bei Clara und Berthold statt, weil Erna und Georg – im Gegensatz zu ihren Spielpartnern – eine liebe Tante hatten, die bei ihnen wohnte und Babysitterin für die kleine Sabine spielte.

Georg war nicht wirklich erstaunt darüber, wie offen Erna und Berthold ihre Gefühle zur Schau stellten. Hinter gelegentlichen, scheinbar harmlosen Küsschen auf den Mund konnte man deutlich das reine Begehren und die dahinterstehende Lust entdecken.

Clara war das alles genauso aufgefallen wie Georg, und auch bei ihr zeigten sich keinerlei Spuren von Eifersucht.

Was bei Clara selbstverständlich wirkte, denn sie war es wohl über die Jahre hinweg gewohnt, dass ihr Ehemann kein Heiliger war, vermochte bei Georg doch ein wenig Erstaunen auszulösen.

Erna hingegen war während ihrer ganzen Ehezeit anderen Männern nie so begegnet, wie sie es bei Berthold tat.

Sicher, man schwamm auf der „Flower-Power-Love-Not-War-Welle" freudig mit, und man genoss die Musik und die Kleidung, welche diese Zeit prägte, aber es gab dennoch gewisse Grenzen. Oder etwa nicht?

Wirkliche Bedenken existierten ganz einfach nicht. Man war viel zu sehr mit sich selbst beschäftigt. Und so genossen alle Beteiligten den Status quo und man ließ den Dingen ihren Lauf.

So unterschiedlich die Vorgangsweisen auch waren, so gab es doch eines, was sie alle gemeinsam hatten: den Wunsch, sich nahe zu sein, miteinander zu verschmelzen.

Während die Bereitwilligkeit bei den Männern wohl gleich groß war, so war sie bei den Frauen doch unterschiedlich.

Erna hielt nur die mangelnde Möglichkeit davon ab, Bertholds Wunsch nachzukommen, hingegen Clara hielt an ihrer Moral fest, dass eine verheiratete Frau keinen Ehebruch begeht.

Georg respektierte das und er bedrängte Clara auch nicht. Das ließ seine Liebe zu dieser Frau einfach nicht zu.

Während Erna und Berthold schon langsam auf die Zielgerade einbogen, sollte vor Clara und Georg noch ein sehr weiter Weg liegen…

*****

Tyche hatte die Moiren zu dem eingangs erwähnten Gespräch gebeten.

Sie hatte sich an Klotho mit der Frage gewandt, ob sie bereit wäre, den Lebensfaden für die Liebe ihrer Probanden zu spinnen, worauf Klotho antwortete:

„Ich halte das nach wie vor für eine absurde Idee. Die Menschen und die Liebe, das passt einfach nicht zusammen."

„Sei doch nicht immer so pessimistisch", fuhr ihr Atropos in die Parade, *„du weißt, es gibt für alles auch schon einmal eine Ausnahme."*

„Und du glaubst, das ist hier der Fall?", erwiderte Klotho zynisch.

„Wir können es ja herausfinden", mischte sich jetzt Lachesis ein, *„was hast du schon zu verlieren? Und vielleicht hast du ja auch recht. Das wird sich dann schon zeigen."*

Der Reiz, recht zu haben, war so groß, dass Klotho nicht widerstehen konnte.

„Also gut", sagte sie, *„ich mache es. Aber sagt hinterher nicht, ich hätte euch nicht gewarnt."*

Tyche atmete erleichtert auf. Der schwierigste Teil war somit geschafft.

„Liebe Lachesis", wandte sich Tyche an die Mittlere der drei Schwestern, *„wie wirst du die Länge*

*bemessen? Wäre ein offenes Ende dieser Liebe mög-
lich?"*

„Von wem sprechen wir hier, liebe Tyche?", gab
Lachesis ebenso honigsüß zurück, *„von Georg und
Clara oder von Berthold und Erna?"*

„Stopp!"

Klotho hatte dieses Wort mit großer Vehemenz
ausgesprochen.

*„Wollt ihr mir ernsthaft einreden, dass ich für
Erna und Berthold einen Lebensfaden für die Liebe
spinnen soll? Das ist doch ein Witz. Oder?"*

*„Da muss ich meiner kleinen Schwester aus-
nahmsweise einmal recht geben"*, sagte Atropos,
*„diesen Faden würde ich, ohne mit der Wimper zu
zucken, auf der Stelle durchschneiden, noch bevor er
gewoben wäre."*

„Nein, nein", bemühte sich Tyche, die erhitzen
Gemüter wieder zu beruhigen, *„es geht mir ausschließlich um Clara und Georg."*

„Dann bin ich ja beruhigt", erwiderte Klotho und
Atropos fügte hinzu:

*„Ich verstehe nicht, warum ihr euch so aufregt. Ich
kann bei Berthold und Erna nicht die geringste Spur
von Liebe erkennen. Demnach ist das Spinnen eines
Lebensfaden für die Liebe doch überhaupt kein The-
ma."*

„Nachdem wir das nun geklärt haben, darf ich meine Frage an Lachesis wiederholen", wagte Tyche einen erneuten Versuch.

Lachesis legte die Stirn in Falten und dachte nach. Diese neue, bisher unbekannte Situation bedurfte einer genaueren Betrachtung.

„Ich denke, wir beginnen zunächst einmal mit einem Jahr", antwortete sie sodann, und bevor Tyche ihren Einwand vorbringen konnte, fügte Lachesis hinzu:

„Wir können ja verlängern, wenn es funktioniert."

„Oder durchtrennen, wenn es nicht funktioniert", sagte Atropos in der Überzeugung, dass sie nach einem Jahr zum Zug kommen würde.

Sie war, wie ihre beiden Schwestern auch der festen Überzeugung: *„Menschen und Liebe – das geht einfach nicht."*

*****

Die Kinder der beiden Ehepaare hatten sich zwischenzeitlich angefreundet, und so stand gemeinsamen Freizeitaktivitäten nichts mehr im Weg.

Sonntagsausflüge in die nähere Umgebung wurden zum allwöchentlichen Standard und alle Beteiligten hatten ihren Spaß.

30

Der Sohn von Berthold und Clara hatte an Georg einen Narren gefressen. Zwischen den beiden hatte sich ein Band gebildet, das von Mal zu Mal intensiver wurde.

Clara beobachtete das mit großem Wohlwollen, während es an Berthold und auch Erna einfach vorüberging. Sie waren viel zu sehr mit sich selbst beschäftigt, als dass sie dieser außergewöhnlichen Entwicklung ihre Beachtung geschenkt hätten.

Georg genoss es ebenso wie Clara. Obwohl sie voneinander getrennt lebten, waren sie doch im Herzen ganz heimlich eine kleine, glückliche Familie geworden.

Im Spätherbst des Jahres stand der Jahresausflug der „Fiskus Singers" nach Südtirol auf dem Programm.

*****

St. Pauls an der Weinstraße ist ein kleines Dorf im Überetsch, etwa 6 Kilometer von Bozen entfernt, liegt auf 394 m Seehöhe und hat ca. 1500 Einwohner.

Auf den umliegenden Höhen wachsen herrliche Traubensorten, wie Pinot Grigio, Müller-Thurgau, Sauvignon blanc, Weißburgunder, Chardonnay, Goldmuskateller und Lagrein, aus welchen herrliche Weine hergestellt werden.

Für Rotweinliebhaber ist der Lagrein die erste Wahl. Er hat eine dunkle Farbe, ist kräftig und charaktervoll. Man keltert aus der Traube sowohl Rosé- als auch Rotweine.

Die Roséweine heißen Lagrein Kretzer oder Lagrein Rosato, die Rotweine heißen Lagrein Dunkel bzw. Lagrein scuro, neuerdings auch nur mehr einfach Lagrein.

Die Pfarrkirche, die St. Paulus gewidmet ist, wurde zwischen 1460 und 1647 erbaut. Der Turm hat eine Höhe von 86 m, dessen Ende eine prächtige Zwiebelkuppel schmückt. Zwei Baustile wurden hierbei vereint. Der untere und mittlere Teil des Turms sind gotisch, während der obere Teil aus der Barockzeit stammt.

Im Glockenturm befinden sich 9 Glocken, wovon die „Anna-Maria" mit einem Durchmesser von 183,5 cm und einem Gewicht von 3.680 kg die größte und wohl berühmteste Glocke Südtirols ist. Man nennt die Pfarrkirche auch den „Dom auf dem Lande".

In früherer Zeit wohnten hier viele adelige Familien, die mit der imposanten Pfarrkirche ihre Macht und ihren Reichtum zum Ausdruck bringen wollten.

Das „Paulsner Dorffest" findet alle zwei Jahre statt und zieht Tausende Besucher an. Es findet meist in der ersten Septemberwoche statt.

Regelmäßige Besucher, und das seit vielen Jahren, waren die Mitglieder der „Fiskus Singers" mit ihren Familien.

Die „Südtirol Lerchen", so der Name des Männerchors St. Pauls, bestand nahezu ausschließlich aus Weinbauern und war der Partnerchor der „Fiskus Singers".

Zwischen den Mitgliedern beider Chöre hatte sich im Laufe der Jahre eine Freundschaft entwickelt, die man durch gegenseitige Besuche vertiefte.

So war es auch in diesem Jahr wieder. Nur, dass man dieses Mal nicht das Paulsner Dorffest besuchte, weil sich die Ehefrauen der „Fiskus Singers" geweigert hatten, sich dem Riesentrubel der vergangenen Jahre, den das Fest mit sich brachte, noch weiterhin auszusetzen.

Und so verschob man die Fahrt nach Südtirol in die zweite Septemberhälfte, Wochen nach dem Fest.

Während Georg und Erna ihre kleine Tochter mitnahmen, reiste Oliver nicht mit, weil er zur gleichen Zeit mit Claras Vater eine Schiffsfahrt machte, die schon lange Zeit vor dem Ausflug nach Südtirol gebucht worden war.

Sabine war über diese Tatsache gar nicht glücklich und musste sehr getröstet werden. Berthold legte sich hierbei besonders ins Zeug, wohl auch, um Erna zu imponieren. Er setzte sich Sabine immer wieder auf die Schulter, wenn diese keine Lust mehr hatte, zu marschieren.

Die Stimmung von Gastgebern und Gästen hätte nicht besser sein können. Kleinere Wanderungen durch die Weinberge am Tag und größere Gelage am Abend, bei welchen der Alkohol in Strömen floss, bestimmten den Tagesablauf.

Es hatten sich kleinere Gruppen gebildet. Die älteren Teilnehmer verbrachten die Abende im Lokal des Hotels, in welchem alle untergebracht waren, während die jüngeren in die umliegenden Keller ihrer Südtiroler Sangesbrüder hinabstiegen, um sich der Verkostung der Schätze zu widmen, die dort in ihren Fässern lagerten.

Eine der älteren Damen, war die Ehefrau eines Fiskus Singers, der gesundheitsbedingt schon zeitig zu Bett ging.

Die beiden hatten das Zimmer genau neben dem Zimmer von Georg und Erna, und sie hatten sich bereit erklärt, ein wenig auf Sabine aufzupassen, wenn Georg und Erna mit Berthold und Clara auf „Kellertour" waren.

„Ich habe einen sehr leichten Schlaf. Und wenn die kleine Sabine weinen sollte, dann höre ich das ganz sicher. Ihr könnt also unbesorgt sein."

Versehen mit diesem Versprechen, streifte Erna jedwede Sorge um das Wohlergehen ihrer Tochter ab und stürzte sich mit den anderen freudig in das St. Paulsner Nachtleben.

Man tauchte hinunter in einen der diversen Keller, die alle in unmittelbarer Nähe des Hotels lagen, und mit jedem Zurückkehren an die Oberfläche vermehrte sich die Wirkung des Alkohols.

Ein paar Atemzüge später tauchte man wieder hinunter in den nächsten Keller, um auch diesem Wein des Sangesbruders seine Aufwartung zu machen.

Und mit jedem Schluck wurden die Geister mehr eingenebelt und die Hemmungen erstickten im Dunst des Alkohols.

Ein Küsschen hier, ein Küsschen dort, eine dichte Körpernähe, die allein schon durch die Enge des Raumes gegeben war, der von Kerzen nur spärlich erleuchtet wurde, und eine völlig gelöste Stimmung ließen Dinge zu, welche das Tageslicht nicht erblicken durften.

Es hatten sich mehrere Pärchen gebildet, die sich einander als äußerst zugeneigt erwiesen.

Auch Berthold und Erna turtelten wie die Tauben, und es gab nicht einen, der daran Anstoß genommen hätte. Selbst Georg und Clara ließen es erstaunlicherweise zu.

Es war, als hätte ein Zauberer mit seinem Zauberstab die alkoholgeschwängerte Luft durcheinandergewirbelt, um damit Sternenstaub zu erzeugen, der Anstand, Vernunft und Moral in einen Tiefschlaf versetzte.

Irgendwann fragte Clara Georg, ob er mit ihr nach oben gehen wolle, um eine Zigarette zu rauchen.

Georg stimmte freudig zu, und so saßen sie wenig später auf einer Bank, die sich unter einem Baum, nahe dem Keller, befand.

Ein sternenklarer Himmel wölbte sich über ihren Köpfen und rundherum war nur die Stille der Nacht zu hören.

Georg und Clara hielten sich bei den Händen und Glückseligkeit erfasste ihrer beider Herzen. Und der Wunsch, die Zeit möge stehen bleiben, tat sich auf.

Ein weiterer Wunsch manifestierte sich in diesem Augenblick bei Georg: Er würde nicht rasten, bis Clara, Oliver und er für immer vereint wären. Koste es, was es wolle…

*****

„Was ist so wichtig, dass du uns schon wieder auf Kaffee und Kuchen eingeladen hast?"

Es war Klotho, welche eine Frage stellte, die jeglicher Grundlage entbehrte, denn von „Kaffee und Kuchen" war überhaupt nicht die Rede, als Tyche um dieses Treffen gebeten hatte.

„*Es tut mir leid, liebe Klotho*", erwiderte Tyche lächelnd, „*aber es liegt ganz offensichtlich ein Missverständnis vor. Kaffee könnte ich anbieten; jedoch keinen Kuchen. Aber vielleicht ein Likörchen?*"

„*Lasst den Blödsinn*", fuhr Atropos dazwischen, und zu Klotho gewandt:

„*Du wirst wohl nie erwachsen…*"

Lachesis beendete das Geplänkel.

„*Geht es wieder um dein Experiment?*", fragte sie und Tyche antwortete:

„*Ja*", antwortete Tyche, „*ich finde es interessant, dass du es so nennst.*"

„*Wie würdest denn du es nennen?*", gab Lachesis mit einem verschmitzten Lächeln zurück.

Tyche musste sich in diesem Augenblick eingestehen, dass Lachesis sehr nahe bei der Wahrheit war, denn im Grunde genommen, war es ja auch nichts anderes.

„*Eine Studie*", sagte Tyche nach kurzem Überlegen, „*ja, eine Studie. Ich finde, es ist sogar eine äußerst interessante Studie.*"

Das Lächeln von Lachesis nahm zu und Tyche ließ sich davon anstecken.

„Du hast recht, meine Liebe", sagte Lachesis zur großen Überraschung von Tyche, *„das trifft es wohl am besten."*

„Also was willst du? Komm zu Potte!"

Atropos hatte ein Machtwort gesprochen, und der Klang ihrer Stimme mahnte zur Ernsthaftigkeit.

„Ich wollte euch fragen, ob ihr der Liebe von Georg und Clara weiterhin die Chance gebt, die sie verdient?"

Die drei Moiren sahen einander an.

Lachesis antwortete als erste:

„Aber ja doch. Sonst hätte ich den Faden wohl kaum verlängert."

Tyche nickte Lachesis dankbar zu. Dann wanderte ihr Blick zu Klotho. Klothos Blick war feindselig. Es war ihr anzusehen, dass sie die ganze Angelegenheit am liebsten abgebrochen hätte.

Aber das konnte sie nicht. Dazu hatte sie nicht die Macht. Solange Lachesis den Faden verlängerte und Atropos ihn nicht durchtrennte, musste Klotho ihn, wohl oder übel, weiterspinnen.

„Du kennst meine Meinung. Ich bin nach wie vor dagegen. Und daran wird sich auch nichts ändern."

„*Schade*", erwiderte Tyche, „*dass du der Studie so ablehnend gegenüberstehst.*"

Klothos Reaktion darauf begnügte sich mit einem Schulterzucken.

Nun hing alles an Atropos. Sie könnte mit einem einzigen Schnitt die Studie beenden.

Die Liebesgeschichte von Georg und Clara hatte sich zu einer Herzensangelegenheit für Tyche entwickelt. Und nun hing ihr Blick, eine Mischung aus Hoffen und Bangen, an Atropos` Lippen.

„*Ich habe da mal eine Frage*", sagte Atropos und sie sah Tyche dabei eindringlich an.

„*Ist es eine rechte Liebe, wenn zwei Menschen ihr Glück auf dem Unglück andere Menschen aufbauen?*"

Und nach einer kleinen Pause fuhr sie fort:

„*Zumal es sich bei den besagten anderen Menschen um die jeweiligen Ehepartner handelt?*"

Tyche spürte einen kalten Hauch des Zweifels, der sie umwehte, und die Blicke der drei Schwestern ruhten schwer auf ihr.

Dieselbe Frage hatte sie sich auch schon gestellt. Und zwar lange, bevor sie mit ihrer Bitte an die Moiren herangetreten war.

Und so konnte sie antworten, ohne lange nachdenken zu müssen.

„Um deine Frage zu beantworten, müssten wir zunächst den Begriff des Wortes <Liebe> klären und den Wert feststellen."

„Das verstehe ich nicht", sagte Klotho schroff, *„ich weiß nicht, was es da zu klären gibt."*

„Halt deinen vorlauten Mund und hör zu!"

Atropos war ihrer kleinen Schwester wieder einmal über ihren vorlauten Mund gefahren. Klotho zuckte zusammen. Es schmerzte sie zutiefst und der Hass wider Tyche nahm gerade ungeahnte Ausmaße an.

„Bitte, erkläre uns, was du damit meinst."

Tyche war überrascht, mit welcher sanfter Stimme die Aufforderung von Atropos an sie ergangen war. Eigentlich war es ja mehr eine Bitte, denn eine Aufforderung.

„Es gibt doch die verschiedensten Arten der Liebe. Das Einzige, was sie gemeinsam haben, ist ein schönes Gefühl."

Lachesis nickte Tyche aufmunternd zu und Tyche nahm es mit großer Freude entgegen.

„Die Liebe, die eine Mutter ihrem Kind schenkt.

Die Liebe, mit der man eine Arbeit verrichtet.

Die Liebe, die man einem Tier oder der Natur ent-gegenbringt.

Die Liebe zwischen Mann und Frau.

Und dann wäre da noch die Liebe, die vorgibt, eine zu sein, aber keine echte Liebe ist."

„*Was meinst du damit?"*, fragte Atropos.

„*Ich meine damit das Begehren, das sich gern den Mantel der Liebe umhängt, um an sein Ziel zu kommen."*

Für einen kurzen Augenblick herrschte Schweigen.

„*Das ist ein sehr interessanter Aspekt"*, löste Atropos das Schweigen. „*So habe ich das noch nie gesehen."*

„*Ich auch nicht"*, bestätigte Lachesis. „*Wo hast du das her?"*

„*Deine Frage muss unbeantwortet bleiben, meine liebe Lachesis"*, erwiderte Tyche, „*ich weiß es selber nicht. Es muss wohl ein Geschenk der Götter sein."*

Selbst Klotho war zutiefst beeindruckt, ließ es sich jedoch nicht anmerken.

„*Während die reine Liebe aus dem Herzen kommt, bedient sich der Verstand der scheinbaren, falschen Liebe, die da <Begehren> heißt.*

Deshalb sollte man die reine Liebe nicht geißeln, sondern ihr die Freiheit geben, die sie verdient.

Die Liebe ist ein wunderbares Geschenk der Götter, ebenso wie die Freude oder das Glück.

Auf diese Gefühle können die Menschen keinen Einfluss nehmen, und sie sollten es auch gar nicht versuchen.

Wohl aber auf die Gefühle des Bösen, wie Zorn, Rache, Neid, Eifersucht und Begehren.

Aber die Menschen machen es verkehrt. Sie glauben Liebe, Freude und Glück lenken zu können, obwohl das unmöglich ist.

Und dort, wo sie etwas verändern könnten, da tun sie nichts. Im Gegenteil; sie nähren ihre bösen Gefühle."

„Wieso sollte man die einen Gefühle beeinflussen können und die anderen nicht?", unterbrach Klotho die Ausführungen von Tyche. *„Du widersprichst dir damit ja selbst in deiner Argumentation."*

Klotho genoss es sichtlich, Tyche des Irrtums überführen zu können.

„Das will ich dir sagen", erwiderte Tyche. *„Die guten Gefühle entstehen im Herzen; indes die schlechten haben ihren Ursprung im Geist."*

Klotho sah Tyche ungläubig an. Sie hatte deren Wort wohl verstanden; aber irgendetwas in ihr wehrte sich vehement dagegen, den Sinn der Worte auch zu akzeptieren.

Lachesis kam ihr zu Hilfe, indem sie sagte:

„Das gefällt mir und es erklärt mir so einiges."

„Vielen Dank, liebe Lachesis", sagte Tyche, während sie erwartungsvoll zu Klotho blickte.

Tyche verstand nicht, warum Klotho ihr so feindselig begegnete. Sie wünschte sich, es ändern zu können; wusste aber nicht wie.

„Also gut. Lachesis ist dafür, den Faden zu verlängern, und ich stimme dem zu.

Ich werde aber mit Argusaugen darüber wachen, wie sich diese Liebe weiterentwickelt.

Sollte sich aber zeigen, dass diese Liebe nicht das ist, was sie vorgibt zu sein, werde ich nicht zögern, den Faden durchzuschneiden.

Ich denke, damit wäre alles gesagt. Oder ist jemand anderer Meinung?"

Atropos` Augen wanderten von einer zu anderen, und als kein Widerspruch erfolgte, fügte sie hinzu:

„Dann werde ich jetzt gehen. Es gibt schließlich auch noch andere Aufgaben, denen ich nachgehen muss. Kommt Mädels; wir gehen!"

*****

Der Herbst neigte sich schon seinem Ende zu, und die beiden Familien pflegten weiterhin einen intensiven Kontakt. Es war unübersehbar, dass Berthold und Erna keine Hemmungen hatten, den nächsten Schritt zu gehen, sobald sich eine Gelegenheit dafür ergeben würde.

Ganz anders hingegen das Verhalten von Georg und Clara. Zärtliche, ja verliebte Blicke und bisweilen eine flüchtige Berührung ihrer Hände waren das Äußerste, was sie sich einander zugestanden.

Und so standen sich die Flamme der Leidenschaft und der Kerzenschein einer zarten Liebe gegenüber.

Es gab ein allmonatliches Ereignis, auf welches sich Georg und Clara besonders freuten: der monatliche Einkauf bei einem Lebensmittelgroßhändler, außerhalb der Stadt.

Sie trafen sich dort, scheinbar zufällig, um ihren Monatseinkauf zu tätigen. Ihre Autos parkten weit auseinander. Georg parkte ganz am Rand des großen Parkplatzes, der nur spärlich beleuchtet war.

Und dort wartete Georg, bis Clara ihren Einkauf verstaut hatte und zu ihm ins Auto stieg.

Kaum, dass sich die beiden in die Arme genommen hatte, begann es zu schneien.

„Wie schön", sagte Clara verträumt, *„es schneit."*

„Viel zu früh", erwiderte Georg und er hätte sich im selben Moment ob seiner pragmatischen Bemerkung selber ohrfeigen mögen.

Ein Blick in Claras Gesicht zeigte ihm jedoch, dass diese - davon unbeeindruckt - den Schneeflocken ihre volle Aufmerksamkeit schenkte.

Jetzt zog der Zauber des Augenblicks auch Georg in seinen Bann, und gemeinsam blickten sie hinaus in die Nacht, die sie wie eine schützende Hülle umgab.

„Ich liebe dich", sagte Georg, und Clara legte ihre Finger auf Georgs Lippen, so, als wolle sie die drei Worte wieder in Georgs Mund zurückschieben.

Es war nicht das erste Mal, dass sie das tat.

Georg versuchte es immer wieder, und jedes Mal geschah das Gleiche. Und auch jetzt verstand er nicht, warum Clara das machte.

„Warum willst du nicht, dass ich das sage?", fragte Georg, und wie die vielen Male davor antwortete Clara mit einem flüchtigen Kuss auf Georgs Mund.

„*Ich muss gehen*", sagte sie dann und schickte sich an, die Tür zu öffnen.

„*Bleib doch noch ein bisschen*", bat Georg, worauf Clara antwortete:

„*Das geht nicht. Oliver wartet schon. Vielleicht beim nächsten Mal. Bonne nuit, Toutou!*"

Clara war ausgestiegen und ging zu ihrem Auto.

Georg schickte ein „*Bonne nuit, Bijou*", hinterher und gab sich seiner aufsteigenden Traurigkeit hin, die in eine große Leere überging.

Er fragte sich zum wiederholten Mal, ob sein Liebe zu Clara je ihre Erfüllung finden würde…

*****

„*Was ist so dringlich, dass du mich unbedingt sehen wolltest? Und wieso unter vier Augen und ohne deine Schwestern?*"

Lachesis hatte Tyche um dieses Treffen gebeten. Tyches heftige Reaktion darauf missfiel Lachesis.

„*Ich kann ja wieder gehen*", erwiderte sie gekränkt und wandte sich ab.

„*Warte*", sagte Tyche hastig, „*es tut mir leid. Ich habe es nicht so gemeint.*"

Lachesis zögerte kurz, entschloss sich aber dann, zu bleiben.

„Klotho macht Stimmung gegen dich. Sie behauptet, dass Claras Liebe zu Georg nur gespielt sei und dass es an der Zeit wäre, den Lebensfaden der Liebe zu zerschneiden."

„Was ...?

Tyches Entsetzen war gewaltig. Sie sah Lachesis ungläubig an.

„Warum macht sie das?", fragte sie Lachesis.

„Sie mag dich nicht; ganz einfach", erwiderte Lachesis.

„Aber warum nicht?", fragte Tyche weiter.

„Das müsstest du sie schon selber fragen", antwortete Lachesis.

Tyche war ratlos. So sehr sie sich auch fragte, warum Klotho sich ihr gegenüber so ablehnend verhielt, sie fand keine Antwort darauf.

Sie verstand auch ebenso wenig, warum Lachesis ihr – hinter dem Rücken von Klotho – darüber berichtete. Also fragte sie:

„Und warum sagst du mir das alles? Klotho ist schließlich deine Schwester."

„Ich mag Klotho nicht. Sie war der Liebling unsere Mutter Ananke. Sie hat ihr immer alles durchgehen lassen. Atropos und ich mussten jedes Mal für den Blödsinn, den unsere kleine Schwester gemacht hatte, den Kopf hinhalten.“

Tyche kam aus dem Staunen nicht mehr heraus. Sie wusste gerade nicht, wie sie sich Lachesis gegenüber verhalten sollte.

Konnte sie ihr trauen? War sie vielleicht sogar eine Art Freundin?

„Du misstraust mir“, sagte Lachesis, *„das verstehe ich. Aber die Sache mit Klotho solltest du ernst nehmen, wenn du nicht möchtest, dass Atropos dem Drängen Klothos nachgibt und den Faden durchschneidet.“*

„Aber was kann ich tun, um das zu verhindern?“, fragte Tyche ängstlich.

Lachesis sah Tyche beinahe liebevoll an.

„Bring Georg und Clara zusammen“, antwortete Lachesis schließlich.

„Was meinst du damit?“, fragte Tyche verwirrt.

Lachesis legte ihre Hand auf Tyches Schulter.

„Es dürfte dir nicht entgangen sein, dass Clara sich Georg gegenüber sehr zurückhaltend verhält.

Und es dürfte dir ebenso wenig entgangen sein, dass sich Georg nach Clara verzehrt.

Als benütze dein Füllhorn und ergieße ein wenig auf die beiden Turteltauben, damit endlich etwas weitergeht."

"Das kann ich nicht tun", erwiderte Tyche entrüstet, *"dann wäre es keine reine Liebe mehr."*

"Beim Jupiter", entfuhr es Lachesis, *"sieh die Sache doch nicht so eng. Es handelt sich doch nur um einen kleinen Schubs; mehr nicht."*

"Meinst du?", erwiderte Tyche zaghaft.

"Ja, das meine ich", antwortete Lachesis, *"oder willst du Klotho den Triumph gönnen?"*

"Auf gar keinen Fall", kam es Tyche entsetzt über die Lippen.

"Dann sind wir uns ja einig", bestätigte Lachesis und umarmte Tyche.

"Ich glaube, ich mag dich", sagte Tyche, worauf Lachesis antwortete:

"Das weiß ich doch, du Dummerchen…"

*****

Georgs Liebe zu Clara wuchs und wuchs. Aus dem kleinen Bäumchen war inzwischen ein riesiger Baum mit vielen Früchten geworden, und eine der süßesten Früchte hieß „Begehren".

Die Vorstellung, dass Berthold von diesen Früchten naschen konnte, während Georg selbst darben musste, schmerzte ihn. Um diesem unerträglichen Zustand ein baldiges Ende setzen zu können, hatte Georg beschlossen, Nägel mit Köpfen zu machen.

Er suchte sich eine kleine Wohnung in der Stadt und eröffnete Erna, dass er sie verlassen würde. Alle tränenreichen Bemühungen, das Unvermeidliche abzuwenden, scheiterten, und Anfang des Jahres zog Georg in sein neues Domizil.

Es war eine kleine Mansardenwohnung, direkt an der Straße gelegen, und die Monatsmiete bewegte sich in niederen Sphären.

Die Einrichtung selbst war spartanisch. Im Schlafzimmer befanden sich ein Bett, ein Nachtkästchen und ein zweitüriger Kleiderschrank. Ein Kühlschrank, eine Kochplatte, ein wenig Geschirr, sowie ein Tisch und drei Stühle bildeten die Einrichtung in der Küche.

Und ein Sessel, ein paar Regalbretter mit Büchern, sowie ein Plattenspieler mit ein paar ausgesuchten Schallplatten im Wohnzimmer vervollkommneten die Einrichtung. Das kleine Badezimmer war lediglich mit einer Wanne und einem Spiegelschränkchen ausgestattet.

Einen Teil dieser Sachen hatte er seinem alten Zimmer im elterlichen Haus entnommen. Die Nachricht, dass Georg seine Familie verlassen hatte, traf seine Eltern schwer. Sie schluckten zwar die bittere Pille, waren aber über Georgs Entscheidung nicht glücklich.

Der einzige Luxus, den Georg sich leistete, war die Anschaffung eines Telefons mit einer Geheimnummer. Das sollte der Postillon d'Amour für Clara sein.

Die Tage waren für Georg einigermaßen erträglich; denn er verlor sich völlig in seiner Arbeit. Schwierig hingegen waren die Abende und die Wochenenden. Es waren die vielen, ungezählten Momente der Hoffnung, in denen Georg immer wieder auf das Telefon starrte, in Erwartung eines Anrufes seiner Liebsten.

Er selbst durfte Clara ja nicht kontaktieren, das Risiko wäre einfach zu groß gewesen. So blieben nur die Zeiten, an denen der kleine Oliver schlief und Berthold wieder einmal in seiner Stammkneipe die Zeit vergessen hatte.

*****

Es war nicht nur Tyche, welche die Entwicklung dieser Liebesgeschichte mit großer Sorge beobachtete. Die Moiren-Schwestern taten dies ebenso.

Und so war es auch nicht weiter verwunderlich, dass die drei Damen um ein dringendes Meeting gebeten hatten.

„Ich nehme an, wir sind uns alle einig, dass Ty-
ches Projekt gescheitert ist."

Klotho sagte diesen bedeutsamen Satz in einer
total überheblichen Weise, und sie genoss jedes einzelne Wort.

„Nicht so schnell", erwiderte Tyche, *„ich glaube*
kaum, dass du hier die Meinung aller repräsentierst.
Oder?"

Tyche schaute ängstlich und hoffnungsvoll zu Lachesis und Atropos.

Von Atropos hätte sie sich gewünscht, sie würde
Partei für sie ergreifen; aber nichts dergleichen geschah. Stattdessen hielt sie ihren Blick gesenkt.

Tyche konnte es ihr noch nicht einmal verübeln.
Dass Georg seine Familie verlassen hatte, warf kein
besonders gutes Licht auf ihn.

Andererseits war da ja aber auch noch der Anspruch der Liebe an sich, dass sich das Herz über den
Verstand stellen darf, so die Liebe reiner Natur ist.

Und genau darin lag die Krux. Erlaubt die reine
Liebe auch das Begehren? Und wenn ja, wie viel davon?

Atropos, die bislang geschwiegen hatte, meldet
sich nun zu Wort.

„Wie du ja weißt, habe ich mich deiner Idee von Anfang an aufgeschlossen gezeigt", sagte sie und machte dann eine kleine Pause.

Man konnte förmlich spüren, dass sie um eine Entscheidung mit sich rang. Ihr Blick ruhte auf Tyche, in deren Augen noch immer Angst und Hoffnung sich dicht aneinanderdrängten.

„Das ewige Hin und Her nervt", sagte sie schließlich, *„ich mache dir einen Vorschlag: Der Lebensfaden der Liebe wird um ein Jahr verlängert. Danach sehen wir weiter."*

Klotho brauchte alle Kraft, um nicht zu explodieren. Sie war sich so sicher gewesen, dem Projekt von Tyche den endgültigen Todesstoß verpassen zu können. Und dann das…

Ihr zorniger Blick wechselte zwischen Tyche und Atropos hin und her, um bei Atropos hängen zu bleiben.

„Ich dulde in dieser Angelegenheit keinen Widerspruch. Auch nicht von dir."

Klotho zuckte zusammen. Sie musste sich – wohl oder übel – der Autorität ihrer älteren Schwester beugen, und sie wünschte sich, sie wäre noch ein Kind und ihre Mutter Ananke würde sich schützend vor sie stellen.

*****

Georg war schon vor seinem Auszug regelmäßig in den nahe gelegenen Wald gefahren, um dort seine Runden zu drehen.

Das Joggen machte den Kopf frei, und er konnte seine Lunge von dem vielen Nikotin entlüften, dem er während der Arbeit im Büro ausgesetzt war.

Was ihm früher eher am Wochenende möglich gewesen war, das konnte er jetzt täglich machen. Und das tat er auch.

Jetzt, da es noch Winter war, und die Temperaturen sich nur wenig über null bewegten, hieß es warme Kleidung anzulegen.

Nach dem Laufen gönnte er sich ein Wannenbad, um die Muskulatur zu entspannen.

Das Prozedere war täglich dasselbe: Laufen, verschwitzte Kleidung abstreifen und in die Wanne steigen. Genüsslich darin verweilen und danach in einen Bademantel einwickeln und nachdampfen.

Georg besaß zwei dieser Bademäntel. Einen für sich und einen für Clara, sollte sie je seiner Einladung folgen und ihn besuchen.

Wie oft schon hatte er sich in Gedanken ausgemalt, wie es wohl sein würde, wenn Clara zu ihm käme, und jedes Mal hatte er sich am Ende eingestehen müssen, dass dieser Wunschtraum wohl nicht in Erfüllung gehen würde.

Dass Clara ihn liebte, daran hegte Georg keinen Zweifel, wohl aber daran, ob sie je bereit sein würde, Berthold zu verlassen.

Umso überraschter war Georg, als Clara ihn eines Tages besuchte.

Er war gerade von seinem täglichen Lauf zurückgekehrt, und er hatte schon das Wasser in die Wanne einlaufen lassen und sich ausgezogen, als es an der Wohnungstür klingelte.

Georg streifte sich den Bademantel über und öffnete einen Spalt breit die Tür. Es war Clara. Sie lächelte ihn an und sagte:

„Darf ich reinkommen?"

Georg war dermaßen überrascht, dass er gar nicht antworten konnte. Er machte wortlos die Tür ganz auf und Clara trat ein.

„Ich bin gerade vom Laufen zurückgekommen und wollte eben in die Wanne steigen", sagte er beinahe entschuldigend, als wolle er seine Nacktheit unter dem Bademantel erklären.

Er hatte eine derartige Situation x-mal durchdacht, jedoch mit dem kleinen Unterschied, dass er in seiner Vorstellung nicht unbekleidet war.

„Dann mach das", erwiderte Clara, noch immer lächelnd, *„nicht, dass du dich noch erkältest."*

Georg ging zurück ins Badezimmer und legte den Bademantel ab. Clara war ihm gefolgt. Als er in die Wanne stieg, war da nicht die Spur einer Scham. Es war, als wäre alles ganz normal, als wäre es schon immer so gewesen.

Was dann geschah, überstieg die kühnsten Erwartungen von Georg. Clara zog sich aus und als sie nackt vor ihm stand, drohte die aufkommende Erregung Georg beinahe zu zerreißen.

Clara stieg zu Georg in die Wanne, und dann ließen sie ihren Gefühlen freien Lauf. Man hätte meinen können, Tyche hätte das ganze Füllhorn auf einen Schlag über den Liebenden ausgegossen.

Als sie später, eingewickelt in ihren Bademänteln, eng umschlungen im Bett lagen, sprach keiner ein Wort.

Sie gaben sich einfach dem Zauber des Augenblicks hin und ließen die Welt draußen vor der Tür, mit all ihren Menschen und den Problemen.

Glückseligkeit hatte noch nie einen Anspruch auf Dauer. Und so war es auch in dieser ganz besonderen Nacht.

„Ich muss jetzt gehen."

Clara hatte die schmerzenden Worte ausgesprochen und war aufgestanden, um sich anzuziehen.

„*Ich weiß, Liebste*", erwiderte Georg, und es schnürte ihm schier die Kehle dabei zu.

Eine letzte Umarmung, ein letzter Kuss, und dann war Georg wieder allein. Allein mit einem Wirrwarr an Gedanken in seinem Kopf.

Ein Gedanke erhob sich jedoch über alle andere:

„*Clara gehört zu mir und ich werde alles tun, bis wir für immer zusammen sind.*"

Georg lag noch sehr lange wach. Er war viel zu aufgewühlt, um Schlaf finden zu können. Als er endlich einschlief, graute schon der neue Tag.

*****

„*Du kannst dir bestimmt denken, warum ich um dieses Treffen gebeten habe.*"

Atropos' strenger Blick verhieß nichts Gutes.

„*Ich muss dich enttäuschen, mein Liebe*", erwiderte Tyche, „*ich habe nicht die geringste Ahnung.*"

„*Bist du so dumm oder stellst du dich nur so.*"

Klotho konnte einfach nicht aus ihrer Haut. Ihre Abneigung Tyche gegenüber war einfach zu groß.

Tyche wollte antworten, aber Klotho kam ihr zuvor, indem sie hinzufügte:

„Es geht um den außerehelichen Beischlaf deiner beiden Turteltauben."

Lachesis begann schallend zu lachen.

„Ist das dein Ernst, Schwesterherz?", sagte sie, *„du willst uns den Moralapostel geben. Ausgerechnet du?"*

Lachesis lachte erneut.

„Wie meinst du das?", giftete Klotho zurück.

„Ich sage nur <Hermes[1]>, liebes Schwesterlein", antwortete Lachesis.

„Das ist alles erstunken und erlogen", erwiderte Klotho, sichtlich nervös, und schaute hilfesuchend zu Atropos.

„Was ist das mit Hermes?", fragte Atropos, *„du wirst doch nichts mit diesem Schürzenjäger angefangen haben; oder etwa doch?"*

Als Klotho nicht gleich darauf antwortete, fuhr Atropos fort:

„Willst du vielleicht auch so eine Missgeburt, wie Hermaphroditos[2] gebären?"

---

[1] *Griechischer Götterbote*

Jetzt verlor Klotho völlig ihre Fassung. Sie ging auf Lachesis zu, packte sie an der Schulter und schrie:

„Du böse Schlange. Warum tust du das? Ich hasse dich."

„Genug!"

Der Ruf von Atropos klang wie das Klatschen einer geschwungenen Peitsche.

„Ich frage mich manchmal, ob wir dieselbe Mutter haben, aber verschiedene Väter."

Lachesis und Klotho beruhigten sich wieder. Atropos war nicht nur die älteste der Schwestern, sie war auch die resoluteste und eine Respektsperson, der man besser mit Vorsicht begegnete.

Atropos sah ihre Schwestern eindringlich an, und als sie sicher war, dass keine weitere Störung zu erwarten wäre, wandte sie sich an Tyche.

„Was sagst du zu diesem Vorwurf?"

„Es tut mir leid, liebe Atropos", antwortete Tyche, *„aber ich kann nicht erkennen, was in dem Vorwurf verborgen sein soll."*

Da war es wieder, dieses rote Tuch, das den Stier in Rage bringt. Klotho schnaubte wie ein solcher, griff aber nicht an. Es machte sie einfach nur wütend, dass

---

² *Zwitterwesen, Kind von Aphrodite und Hermes*

Tyche eine solcher Wortakrobatin war und dass sie dem nichts entgegenzusetzen vermochte.

Atropos lächelte. Es imponierte ihr, wie geschickt Tyche sich in diesem Augenblick verhielt, und sie beschloss, das Spiel mitzuspielen.

„Nun, der Vorwurf gipfelt darin, dass deine beiden Schützlinge von den süßen Früchten der Liebe genascht haben, obwohl sie nicht verheiratet sind", sagte Atropos und sah Tyches Antwort gespannt entgegen.

„Ach so, das meinst du", erwiderte Tyche gelassen, *„das ist doch nicht schlimm. Ist die Lust nicht die kleine Schwester der Liebe? Und ist es nicht schön, wenn Schwestern Hand in Hand gehen und sich ergänzen?"*

„Aha!"

Klotho hatte allen Mut zusammengenommen.

„Du gibst es also zu."

„Was soll ich zugeben, liebe Klotho?", erwiderte Tyche, scheinbar ahnungslos, was Klothos Pulsschlag augenblicklich in die Höhe trieb.

„Dass es am Ende um die Lust geht und nicht um die Liebe, wie du uns immer wieder weismachen willst", fuhr Klotho fort.

„*Aber nein*", erwiderte Tyche völlig gelassen, „*da liegst du total daneben.*"

„*Ist das so?*", sagte Klotho aus tiefster Überzeugung heraus, Tyche nun endlich besiegen zu können.

„*Es ist doch am Ende bei Georg und Clara genau das gleiche wie bei Berthold und Erna. Es geht um die Lust und nicht um die Liebe.*"

„*Du meinst < dasselbe>, nehme ich an*", erwiderte Tyche mit sanfter Stimme, was bei Klotho beinahe die Sicherungen durchbrennen ließ.

„*Andererseits passt <das gleiche> in diesem Fall besser als <dasselbe>, denn die Dinge sind nicht wirklich zu vergleichen.*"

Klotho verdrehte die Augen, sie japste nach Luft und war nahe daran, Tyche körperlich zu attackieren.

„*Du hast ja nicht mehr alle Latten am Zaun*", schrie sie hysterisch, „*du gehörst eingesperrt, du bist eine Gefahr für die Allgemeinheit.*"

Lachesis genoss das Spektakel in vollen Zügen. Endlich einmal jemand, der dem verwöhnten Mamakind Paroli bietet.

Im Gegensatz dazu empfand Atropos Mitleid mit ihrer kleinen Schwester. Sicher, die Bevorzugung Klothos durch ihre gemeinsame Mutter Ananke war ihr ebenso stets ein Dorn im Auge gewesen wie auch

Lachesis. Aber dennoch liebte sie Klotho genauso sehr, wie sie auch Lachesis liebte.

„Hört auf damit!", sagte Atropos, *„Alle beide! Das ist ja nicht mehr zum Aushalten."*

Stille kehrte ein. Atropos wartete noch einen kurzen Augenblick, dann wendete sie sich Tyche zu.

„Es würde mich interessieren, worin du einen Unterschied siehst zwischen der Lust von Berthold und Erna, im Gegensatz zu Georg und Clara."

Tyche wusste, dass sie sich auf sehr dünnem Eis bewegte. Von ihrer Antwort würde es abhängen, ob Atropos ihr Projekt beenden würde oder nicht.

„Die Lust, welcher Berthold und Erna folgen, hat etwas Animalisches und entbehrt gänzlich der Liebe.

Die Lust hingegen von Georg und Clara ist wie eine Blüte, die aus der Knospe Liebe entsprießt, um sich in all ihrer Fülle zu entfalten."

Tyche schaute erwartungsvoll in Atropos' Gesicht.

„Das ist so wunderschön…"

Lachesis hatte diese Worte gesagt, begleitet von einem versponnenen Blick, den sie nun zu Atropos wandern ließ.

„Findest du nicht auch, Schwester?"

Nun hingen die Blicke aller drei an den Lippen von Atropos.

Atropos sah Klotho an, deren Augen sich gerade mit Tränen füllten. Atropos empfand Mitleid mit ihrer kleinen Schwester. Sie nickte ihr liebevoll zu und sagte dann:

„Ich kann die Ausführungen von Tyche nachvollziehen, und ich werde daher den Lebensfaden nicht durchtrennen."

Atropos ging zu Klotho, nahm sie in den Arm und flüsterte:

„Es tut mir leid, kleine Schwester. Und mach endlich Frieden mit Tyche."

Nachdem Atropos den Raum verlassen hatte, ging Tyche ebenfalls zu Klotho hin, streckte ihr die Hand entgegen und sagte:

„Ich möchte nicht, dass wir uns ständig bekriegen."

Klotho verweigerte den Handschlag und antwortete stattdessen:

„Das kannst du vergessen. Wir zwei werden niemals Freundinnen..."

*****

Der Winter kam in diesem Jahr schon sehr zeitig und mit voller Härte. Unmengen von Schnee bedeckten die Straßen, sodass für Georg das tägliche Laufen zur Rutschpartie wurde.

Clara und er sahen sich nur noch selten. Es waren die gelegentlichen Treffen beim Großmarkt, die wie Zufälle arrangiert waren oder ein zufälliges Aufeinandertreffen in der Stadt.

Berthold und Georg sahen sich öfter. Ganz egal, ob bei der Chorprobe oder im Stammlokal, man begegnete sich freundschaftlich.

Das Interesse an Erna schien Berthold gänzlich verloren zu haben; er fragte noch nicht einmal mehr nach ihr. Vielleicht auch deswegen, weil Erna zurück in ihre Heimatstadt gezogen war.

Georgs Besuche im Stammlokal seiner Sangesfreunde wurden immer weniger. Dieselben Menschen, mit denen er früher oft nächtelang gezecht hatte, waren ihm plötzlich fremd. Er besuchte auch nicht mehr jede Chorprobe. Darauf angesprochen, fand er jedes Mal eine andere Ausrede, und er tat dies so lange, bis man ihn nicht mehr fragte.

Wenn er aus dem Büro nach Hause kam, lief er seine Runde, kam zurück und setze sich in die Wanne. Da saß er dann und hoffte, es würde an der Tür läuten und Clara stünde draußen.

Aber das wunderbare Erlebnis, das er sich immer wieder vor Augen führte, wiederholte sich nicht.

Nach dem Bad in der Wanne bereitete er sich einen Tee und schrieb dann in sein Tagebuch. Es waren Gedanken voller Liebe, Sehnsucht und Hoffnung und sie stimmten ihn unsagbar traurig.

Dann legte er sich eine seiner Platten auf, löschte das Licht im Zimmer und sah beim Fenster hinaus auf die Straße. Im Schein einer Straßenlaterne konnte er die dicken Flocken sehen, wie sie sanft auf den schneebedeckten Boden glitten.

Er ließ seinen Tränen freien Lauf, war doch niemand da, der sie sehen konnte. Und irgendwann hörte er auf zu weinen.

Er breitete seine Gymnastikmatte auf dem Boden aus, um sich zum Schlafen niederzulegen. Er schlief schon lange nicht mehr in seinem Schlafzimmer; die Erinnerung an die Nacht mit Clara schmerzte ihn einfach zu sehr…

*****

Der Scheidungstermin war eine emotionsreiche Veranstaltung. Erna hatte sich bis zum Schluss gegen eine Scheidung gewehrt.

Der Richter, ein Mann von kleiner Statur mit Schnauzbart, machte keinen Hehl daraus, dass er die Tat des Georg Obergföll zutiefst verabscheute.

Als totaler Familienmensch konnte er kein Verständnis dafür aufbringen, dass ein Mann seine Frau und sein kleines Kind einfach so im Stich lässt.

Dem Gesetz verpflichtet, sprach er am Ende der kurzen Verhandlung mit grimmiger Miene die Scheidung aus, nachdem er sich zuvor vergeblich bemüht hatte, Georg die Weiterführung der Ehe schmackhaft zu machen.

Die letzte Begegnung mit Erna bestand aus einem Kopfnicken im Flur des Gerichtsgebäudes. Danach lehnte sie jeglichen Kontakt ab. Briefe von Georg kamen ungeöffnet zurück. Sie haben sich nie mehr gesehen.

*****

Hatte Georg geglaubt, dass er jetzt endlich mit Clara zusammenziehen könnte, so musste er sich eingestehen, dass er sich gründlich geirrt hatte.

Claras Angst war übermächtig. Der Gedanke, mit Georg zusammen in derselben Stadt zu wohnen, wie Berthold, war ihr zu monströs. Vielleicht spielte ja auch ein wenig die potenzielle Gewaltbereitschaft, die von Berthold ausging, eine Rolle dabei.

„Dann ziehen wir einfach in eine andere Stadt", schlug Georg vor, aber auch das fand nicht Claras Zuspruch. Sie argumentierte dagegen:

„Wie stellst du dir das vor? Und von was sollen wir leben?"

Georg war enttäuscht von Clara. Er begann daran zu zweifeln, ob Clara überhaupt den Wunsch verspürte, mit ihm und dem kleinen Oliver ein neues Leben beginnen zu wollen.

„Ich finde überall eine Beschäftigung", entgegnete Georg und fügte dann noch hinzu:

„Wir werden schon nicht verhungern."

Zugegeben; leicht würde es nicht werden. Georg musste ja für Erna und Sabine Unterhalt bezahlen, da Erna keiner Beschäftigung nachging.

Aber Hauptsache wäre doch, dass Clara, Oliver und er zusammen wären. Oder war das am Ende vielleicht nur die Sicht der Dinge von Georg und nicht die von Clara?

Georg erschrak. Er wies diese düsteren Gedanken heftig von sich. Clara liebte ihn ebenso, wie er sie liebte. Da gab es nicht den geringsten Zweifel. Punktum!

Am nächsten Tag machte Georg einen entscheidenden Schritt. Er schickte Bewerbungen an verschiedene Firmen in verschiedenen Städten.

*****

Tyche, die das alles mit großer Sorge beobachtet hatte, traf sich mit Lachesis. Sie hatte die Moire darum gebeten, und diese hatte ohne zu fragen zugesagt.

„Ich danke dir sehr, dass du gekommen bist", begrüßte Tyche Lachesis.

„Das habe ich sehr gern gemacht", erwiderte Lachesis.

Tyche schaute in das lächelnde Gesicht von Lachesis. Sie fragte sich, warum ihr die eine Moirenschwester so zugetan war. Sie kannten sich doch kaum, und doch waren sie auf eine unerklärliche Weise so vertraut.

„Was überlegst du?", fragte Lachesis, als Tyche sie einfach nur anschaute.

„Entschuldige bitte", antwortete Tyche, sichtlich verwirrt, *„ich weiß auch nicht, was mit mir los ist…"*

Lachesis gab Tyche einen Kuss auf die Wange.

„Es ist alles in Ordnung", sagte Lachesis, was Tyche jedoch noch mehr verwirrte.

„Du gütiger Olymp[3]", schoss es Tyche durch den Kopf, *„es wird doch nicht das sein, was ich denke?"*

---

[3] *Sitz der Götter in der griechischen Mythologie*

„Was erschreckt dich denn so, Liebes?", fragte Lachesis, der das Entsetzen in Tyches Gesicht nicht entgangen war.

„Verzeih, Lachesis", erwiderte Tyche, *„ich fühle mich nicht besonders. Vielleicht sollten wir ein anderes Mal reden."*

„Nichts da", sagte Lachesis in gestrengem Ton, *„wir nehmen jetzt erst einmal einen Palatina[4], dann geht es dir gleich wieder besser. Du wirst schon sehen."*

Tyche war wie gelähmt. Als der Palatina kam, führte sie ihn zum Mund und trank ihn brav in einem Zug aus, so wie es ihr von Lachesis aufgetragen worden war.

„Siehst du", kommentierte Lachesis den Vorgang, *„was habe ich dir gesagt? Es geht dir schon viel besser."*

Tyche, die sich der Meinung von Lachesis keinesfalls anschließen konnte, wehrte sich auch nicht, als Lachesis zwei weitere Palatinas bestellte.

Es war zwar Tyches Idee gewesen, sich mit Lachesis in dieser Bar zu treffen, aber gerade war sie im Begriff, diese Entscheidung zu bereuen.

---

[4] *Nervenstärkendes göttliches Getränk*

Zum Glück, waren nur wenige Gäste im Raum. Den Wirt schätzte Tyche als zurückhaltend und verschwiegen ein. Aber man konnte ja nie wissen…

Tyche war auf bestem Weg, sich in einem Gedankenwirrwarr zu verlieren, als Lachesis sagte:

„So; jetzt aber die Karten auf den Tisch! Wir haben uns ja hier nicht getroffen, um Palatinas zu trinken. Also was willst du von mir?"

Jetzt verstand Tyche überhaupt nichts mehr. Wieso dieser raue Ton auf einmal? Hatte sie Lachesis in irgendeiner Weise verärgert?

Lachesis sah in das entsetzte Gesicht von Tyche und sagte lachend:

„Was schaust du so entgeistert, meine Liebe? Das war doch nur Spaß. Ich glaube beinahe, es geht dir wirklich nicht gut. Das tut mir leid. Kann ich irgendetwas für dich tun?"

„Nein, nein", entgegnete Tyche hastig und nahm das Geschenk dankbar an. *„Ich fühle mich wirklich nicht sehr wohl, und ich möchte jetzt nur gern gehen, wenn es dir recht ist."*

„Aber ja doch, Liebes", erwiderte Lachesis, *„ich werde dich begleiten."*

„Das ist nicht nötig", widersprach Tyche eilig, *„bleib du nur hier. Aber es wäre sehr nett von dir, wenn du die Rechnung übernehmen würdest."*

„Sicher doch, das mache ich gern", erwiderte Lachesis.

Tyche war erleichtert. Sie gab Lachesis die Hand und sagte:

„Du bist eine sehr gute Freundin, Lachesis, und ich danke dir."

Dann verließ Tyche die Bar, ohne sich noch einmal umzudrehen, und Lachesis fragte sich, was da gerade geschehen war…

*****

Georg war von der Fülle der Rückmeldungen auf seine Bewerbungen überrascht. Er konnte zwar gute Referenzen vorlegen, hatte aber nicht mit diesem Ergebnis gerechnet.

Am Ende war es die Firma Gebr. Breunig Transport GesmbH, welche der nächste Arbeitgeber für Georg werden sollte.

Gute dreihundert Kilometer entfernt, wartete der Posten als stellvertretender Geschäftsführer auf ihn.

Das Vorstellungsgespräch verlief für beide Teile äußerst zufriedenstellend und nur wenige Tage später lag der Arbeitsvertrag in Georgs Postkasten.

Georg hatte mit Clara x-mal darüber gesprochen, wie ihre gemeinsame Zukunft aussehen könnte. Und Clara hatte ihn sogar ermuntert, den Schritt zu gehen und sich bei einem anderen Arbeitgeber zu bewerben. Ja, sie hatte ihm sogar Geld von ihrem Sparbuch gegeben.

Aber jetzt, da Georg Nägel mit Köpfen gemacht hatte und mit dem Arbeitsvertrag in der Hand vor ihr stand, geschah etwas völlig Unerwartetes.

Clara hatte kalte Füße bekommen.

„Es geht nicht. Ich kann Berthold nicht verlassen. Ich gebe ihm noch eine Chance."

Georg traute seinen Ohren nicht. Es konnte nicht sein, dass er begonnen hatte, alle Brücken hinter sich abzubrechen, mit Claras Zusage auf eine gemeinsame Zukunft im Gepäck, und dass sie ihn jetzt total im Regen stehen ließ.

Georg hörte das Blut in seinen Ohren rauschen und sein Mund wurde total trocken.

„Das kannst du nicht machen", stammelte er fassungslos, *„ich habe schon unterschrieben. Ich kann nicht mehr zurück. Und einen Mietvertrag habe ich auch schon unterschrieben."*

Clara begann zu weinen.

„Liebst du mich denn nicht mehr?", fragte Georg, und nach einer kurzen Pause fuhr er fort:

„Wenn du nicht mitgehst, dann ist das mein sicheres Ende. Ich kann das finanziell allein nicht stemmen."

„Verzeih mir bitte", sagte Clara, *„ich weiß nicht, was in mich gefahren ist. Natürlich kommen wir mit. Wir machen alles so, wie wir es besprochen haben."*

Dann fielen sie sich in die Arme. Sie saßen in Claras Auto auf dem Parkplatz des Supermarktes, und es war ihnen in diesem Augenblick ganz egal, ob irgendjemand vorbeigehen könnte und sie sehen würde.

„Mach das bitte nie wieder", sagte Georg, dem das Herz noch immer bis zum Herz schlug.

„Nein, Liebster", erwiderte Clara lachend, *„und sei mir bitte nicht böse."*

*****

Der Personalchef der Firma, ein Herr Schmücker, hatte Georg geholfen, ein passendes Mietobjekt zu finden.

Harald Schmücker war etwa im selben Alter wie Georg, und die beiden verstanden sich auf Anhieb.

Das Häuschen lag in einem Neubaugebiet und nur wenige Kilometer außerhalb der Stadt. Georg hatte sich notdürftig eingerichtet. Ein paar Sachen hatte er aus seiner alten Wohnung mit dem Auto mit hierhergenommen. Es war geplant, dass Clara und Oliver nachkommen würden, und heute war es endlich soweit.

Georg hatte Claras Bruder Christian gebeten, sie bei ihrem Umzug zu begleiten. Damit wollte er seinen Befürchtungen vorbauen, Berthold könnte eventuell Claras Auszug nicht so ohne Weiteres zulassen.

Berthold war Alkoholiker, und Georg hatte ihn schon mehrmals als äußerst aggressiv empfunden, wenn er unter Alkoholeinfluss stand.

Heute war es nun soweit. Georg sah immer wieder vor die Tür, als könne er damit das Eintreffen der geliebten Menschen beschleunigen. Und dann waren sie da. Clara mit dem kleinen Oliver und ihrem Bruder Christian.

Es folgte eine herzliche Umarmung. Clara sah mitgenommen aus. Die nervliche Belastung hatte sie gezeichnet.

Berthold hatte keine Probleme gemacht. Als der Möbelwagen vorfuhr, zog Berthold es vor, zu verschwinden. Er verließ wortlos das Haus und fuhr zu seinem Stammlokal.

Christian verabschiedete sich, da er noch einen weiten Weg vor sich hatte. Georg bedankte sich bei seinem zukünftigen Schwager, den er ein paar Monate zuvor schon kennengelernt hatte.

Claras Bruder arbeitete in Odense, in der Steuerkanzlei seines Vaters, wie auch zuvor schon Clara. Sie hatte BWL studiert und war, obwohl sie ein anderes Berufsziel im Auge hatte, in die Kanzlei des Vaters eingestiegen, als dieser sich aus gesundheitlichen Gründen zurückgezogen hatte.

Als dann Berthold in ihr Leben trat und sie seinem Charme erlegen war, was in weiterer Folge zu einer Schwangerschaft führte, verließ sie die Kanzlei und zog zu Berthold nach Deutschland.

Claras Vater hatte diese Entwicklung mit großer Sorge mitverfolgt und war absolut nicht damit einverstanden.

Frida, Claras Mutter hingegen, hatte ein Faible für den Leichtfuß und Schürzenjäger Berthold, was wiederum zu Spannungen mit ihrem Ehemann führte.

Oscar Pedersen war ein Mann mit Prinzipien, der sich alles schwer erkämpfen musste, wogegen seine Ehefrau Frida verwöhntes Einzelkind aus gutem Hause war. Ihr Vater war Generalmajor der dänischen Streitkräfte im 2. Weltkrieg.

Als Claras Vater und Georg sich erstmals begegneten, war auf Anhieb Sympathie vorhanden. Georg war das komplette Gegenstück zu Berthold. Oscar und Georg verband eine gemeinsame Liebe, die Liebe zu Oper und Operette.

So war es auch nicht verwunderlich, dass Georg seinen väterlichen Freund Oscar noch vor dem Einzug mit Clara und Oliver in ihr neues, gemeinsames Domizil mehrmals in Odense besucht hatte.

Von Flensburg nach Odense waren es gerade einmal 127 Kilometer, wenn man aber mit der Fähre von Fynshav nach Bøjden die Strecke fuhr, war man jedoch fast drei Stunden unterwegs. Die längere Strecke mit 156 Kilometern führte mit der Autobahnbrücke Ny Lillebæltsbro[5] über den Kleinen Belt, wofür man allerdings eine Stunde weniger brauchte.

Claras Vater begrüßte den Schritt seiner Tochter, sich von Berthold zu trennen, mit großem Wohlwollen. Er stellte es derart unter Beweis, indem er spontan die Anschaffung von Möbeln für das neue Heim finanzierte.

Claras Mutter Frida war grundsätzlich nicht dagegen, dass Georg und Clara zusammenleben wollten, hätte sich aber durchaus auch ein „schmutziges Verhältnis" zwischen Georg und Clara vorstellen können.

Sie hatte auch keinen Hehl daraus gemacht, sich dahingehend Georg gegenüber zu äußern. Frida war schon eine sehr spezielle Frau, und es war auch nicht wirklich verwunderlich, dass zwischen ihr und ihrer Tochter kein sehr herzliches Verhältnis bestand.

Die beiden Frauen waren einfach zu verschieden…

*****

---

[5] *Kleiner-Belt-Brücke*

Clara hatte Oliver zeitig zu Bett gebracht. Oliver liebte Georg. Anders als sein Vater hatte sich Georg immer wieder mit dem kleinen Mann beschäftigt, wenn die beiden Familien Zeit miteinander verbrachten.

Berthold hatte zu keiner Zeit eine Vater-Sohn-Beziehung aufgebaut. Vielleicht lag es daran, dass Berthold, der ewige Junggeselle schon fast vierzig Jahre alt war, als er Vater wurde. Vielleicht aber war es auch nur der Egoismus, der ihn so handeln ließ.

Ebenso unerklärlich war die Tatsache, dass Clara sich dem Werben eines wesentlich älteren Mannes hingegeben hatte. Berthold war fünfzehn Jahre älter als sie.

Aber das war jetzt alles unwichtig. Wichtig war nur, dass der „Auszug aus Ägypten"[6] problemlos verlaufen war, und dass Georg, Clara und Oliver fortan eine kleine, glückliche Familie sein konnten.

„Warum weinst du?"

Georg und Clara lagen auf ihren Gymnastikmatten. Für Oliver hatte Clara Olivers Bett mitgebracht, wogegen die Einrichtung für das Schlafzimmer noch ausständig war. Sie würden sie, zusammen mit Claras Vater, der in wenigen Tagen zu ihnen kommen wollte, erst noch besorgen.

---

[6] *Erzählung in der Bibel von der Rettung der Israeliten aus der Sklaverei des Pharaos Ägyptens*

Georg sah Clara ins Gesicht. Spuren der letzten Tage waren deutlich darin zu erkennen. Georg strich ihr zärtlich über das Gesicht.

„Bereust du es?", fragte er fast ein wenig ängstlich.

„Nein, Toutou", antwortete Clara, *„im Gegenteil."*

„Aber warum weinst du dann?", setzte Georg nach.

„Weil ich glücklich bin", antwortete Clara und lächelte.

Georg hielt Claras Gesicht mit beiden Händen und bedeckte es wieder und wieder mit Küssen.

„Liebe mich", sagte Clara und erwiderte Georgs Küsse mit aller Leidenschaft.

Georg begann erst Clara zu entkleiden und dann sich selbst. Danach gaben sich die zwei Menschen, die so sehr um ihre Liebe gekämpft hatten, den Freuden der Liebe hin, und ihre Körper und ihre Seelen verschmolzen in dieser Nacht, um sich nie mehr voneinander zu trennen.

*****

„Ich liebe diese Helioskrapfen, ich kann gar nicht genug davon bekommen."

78

Lachesis sah ihre kleine Schwester an und sagte lachend:

„Man sieht `s."

Tyche betrachtete die Szenerie mit großem Wohlwollen. Sie war angenehm davon überrascht, dass sich Klotho ihr gegenüber so umgänglich, ja fast schon freundschaftlich verhielt, und sie konnte sich keinen Reim darauf machen.

Sie konnte ja nicht wissen, was dem vorausgegangen war. Klotho hatte sich bei ihrer Mutter Ananke sehr abfällig über Tyche geäußert, was jedoch nach hinten losging. Ananke hatte daraufhin ihrer Tochter ordentlich den Kopf gewaschen.

„Was glaubst du eigentlich, wer oder was du bist, dass du so über Tyche reden kannst? Tyche macht ihre Sache ausgezeichnet. Was sie schon alles erreicht hat; davon kannst du nur träumen.

Du wirst ihr künftig den Respekt entgegenbringen, den sie verdient. Wehe dir, ich höre etwas anderes. Hast du das verstanden?"

Das *„ja, Mutter"* kam sehr verhalten über Klothos Lippen und es tat ihr weh. Sie verstand nicht, warum sie als Mutters Liebling eine solche Abfuhr erhalten hatte.

„Die Helioskrapfen sind nicht schlecht", meldete sich jetzt Atropos zu Wort, die sich ebenfalls an die-

sem köstlichen Gebäck delektierte, *„aber die Akropo-lisschnitten schmecken mir noch besser."*

„Die waren leider aus", sagte Tyche entschuldigend und goss Kaffee nach.

„Von wo hast du die Krapfen?", fragte Klotho, *„lass mich raten: Farinapolos, habe ich recht?"*

„Stimmt", antwortete Tyche, *„ich habe sie von Farinapolos, dem besten Konditor im Olymp."*

Tyche sah in das freundliche Gesicht von Klotho, und ein wenig war ihr das unheimlich. Klotho musste Unmengen an Kreide gegessen haben, um diesen Gesinnungswandel herbeiführen zu können.

„Ich nehme an, du möchtest uns etwas sagen, meine Liebe", wurde Atropos plötzlich sachlich und stellte ihren Kuchenteller zurück auf den Tisch.

Tyche sah die drei Schwestern, eine nach der anderen an, bevor sie antwortete, und sagte dann:

„Der Grund, warum ich euch zu mir gebeten habe, ist der gute Verlauf unseres gemeinsamen Projektes.

Ich muss zugeben, dass ich zu Beginn, genauso wie ihr auch, ein wenig skeptisch war, ob meine Idee Aussicht auf Erfolg haben könnte.

Aber wie wir alle sehen, ist das der Fall. Die Liebe dieser beiden Sterblichen berührt mich sehr. Ich weiß nicht, wie es euch dabei geht; aber ich empfinde eine große Freude darüber. "

„Ich denke, ich spreche für uns alle ", erwiderte Lachesis, *„der Erfolg gibt dir recht, liebste Tyche. "*

Tyche zuckte zusammen. Sie fühlt eine leichte Röte bei sich aufsteigen und sie nahm eilig die Kaffeekanne in die Hand, um nachzugießen, obwohl die Tassen noch ziemlich voll waren.

Sie glaubte, die Blicke der anderen auf sich gerichtet zu spüren, und hielt deshalb ihren Blick gesenkt.

„Es tut mir leid, dass ich mich anfänglich deinem Projekt gegenüber so ablehnend verhalten habe ", sagte Klotho, *„und ich hoffe, du trägst es mir nicht nach. "*

Tyche war erleichtert. Sie sah auf und sagte:

„Vergeben und vergessen, liebe Klotho. "

„Wie wäre es mit einem Palatina zur Verdauung? ", fragte Atropos, *„vorausgesetzt, du hast einen. "*

„Der geht mir niemals aus, liebe Atropos ", erwiderte Tyche und kam der Bitte umgehend nach.

Die restliche Zeit verging mit allerlei lustigem Wortgeplänkel, bevor sich die drei Schwestern verabschiedeten und eine baldige Wiederholung versprachen.

Eine herzliche Umarmung aller beendete den gelungenen Nachmittag, wobei sich Lachesis etwas mehr Zeit dafür nahm als ihre beiden Schwestern...

*****

Bevor Georg seine neue Arbeit aufnahm, ging er noch mit Clara und Oliver zur Anmeldung in die neuen Schule.

Die Direktorin machte einen sehr kompetenten Eindruck und Oliver ließ sich von ihr willig in die neue Klasse führen.

Georg hatte anstelle einer Schultüte für Oliver ein neues Fahrrad besorgt. Eine Schultüte hatte er ja schon ein Jahr zuvor bekommen, als er in der alten Heimatstadt in sein Schulleben eintauchte.

Die Freude bei Oliver war groß. Er durfte jetzt auch endlich „Papa" zu Georg sagen, was er schon einige Zeit davor schon gern gemacht hätte.

Clara hatte damals große Mühe, Oliver das auszureden und es bei „Onkel Georg" zu belassen. Es war schon sehr aussagekräftig, dass ein Kind, das einen Vater hatte, in einem anderen Mann eher die Vaterfigur erkannte als bei seinem leiblichen Vater.

Das gute Verhältnis von Oliver zu Georg war sicher ausschlaggebend dafür, dass Clara den großen Schritt ins Ungewisse mit Georg gewagt hatte.

„Jetzt gehen wir einkaufen", sagte Clara, *„damit ich dir etwas Gutes kochen kann, wenn du am Abend nach Hause kommst."*

Diese Worte von Clara klangen wie Musik in Georgs Ohren. Er fühlte sich ganz wunderbar. Er küsste Clara und sagte:

„Ich bin der glücklichste Mann auf der ganzen Welt. Ich liebe dich, ma Bijou."

„Und ich liebe dich, Toutou", erwiderte Clara, und ihre Augen leuchteten. Sie hatten ihren alten Glanz, den sie vor langer Zeit verloren hatten, wiedergefunden.

*****

Harald Schmücker, der Personalchef, stellte Georg seinen neuen Kolleginnen und Kollegen vor. Eine davon war Hannah Stürmer, die Tochter des Chefs.

Hannah Stürmer war die Geschäftsführerin. Sie war geschieden und kinderlos. Hannah war eine hübsche Frau und etwas älter als Georg. Und sie war auch eine Frau, der das Lächeln abhandengekommen war.

„So, so, Sie sind also der Neue. Na, dann herzlich willkommen und auf gute Zusammenarbeit."

Damit sah Hannah ihren Part der Begrüßung als erledigt und wandte sich wieder ihrer Arbeit zu.

Nachdem die Vorstellungsrunde beendet war, begleitete der Personalchef Georg in sein neues Büro.

„Was war das denn vorhin?", fragte Georg, worauf Harald antwortete:

„Sie meinen die Begrüßung durch Hannah?"

„Ja", sagte Georg, *„ein wenig komisch war das schon."*

„Das dürfen Sie nicht zu ernst nehmen", erwiderte Harald, *„das hängt mit Alfred zusammen, dem Ex von Hannah. Die Trennung ist noch nicht allzu lange her.*

Alfred hat sie nach Strich und Faden betrogen. Und Hannahs Verhältnis zu Männern hat wohl etwas darunter gelitten."

Harald hatte diese Worte in einem heiteren Tonfall gesagt, was Georg verwunderte. Mehr jedoch erstaunte es ihn, dass Harald ihn fast wie einen Freund behandelte, dem man alles sagen kann.

„Ich lasse sie jetzt einmal allein, damit Sie sich einrichten können. Ich wünsche frohes Schaffen!"

Mit diesen Worten verließ Harald Georgs Büro. Georg ging in das angrenzende Zimmer, in welchem sich die Sekretärin von Georg befand.

Barbara Fischer war eine junge Frau, Ende zwanzig, ausgestattet mit einer tollen Figur, und was noch viel wichtiger war, sie war äußerst kompetent.

„Dann weihen Sie mich einmal bitte in die Geheimnisse der Firma ein", sagte Georg scherzhaft, worauf Barbara Georg in dessen Büro folgte.

*****

Georg war überrascht, als Hannah Stürmer ein paar Tage später in sein Büro kam.

„Haben Sie sich schon etwas einarbeiten können?", fragte sie, nachdem sie sich eine Zigarette angezündet hatte.

Georg, selbst passionierter Nichtraucher, fand das Verhalten von Hannah etwas befremdlich. Hannah bemerkte es. Sie stand auf, ging zu einem der Regale und entnahm diesem einen Aschenbecher. Sie stellte ihn demonstrativ auf den Schreibtisch, nahm noch einen tiefen Zug und dämpfte dann die Zigarette aus.

„Entschuldigen Sie", sagte sie und blies den Rauch seitlich aus, *„eine dumme Angewohnheit von mir. Das war noch bis vor Kurzem mein Büro."*

„Keine Ursache", erwiderte Georg, und er fragte sich, was da gerade passiert war. Er vermochte es nicht einzuordnen. War das nur ein Versehen von Hannah Stürmer oder eine reine Provokation?

„Ich will auch nicht länger stören. Ich lade Sie für heute Abend zu einem Arbeitsessen ein. Sie können auch gern Ihre Ehefrau mitbringen, wenn Sie das möchten. Sagen wir 19:00 Uhr. Mein Fahrer wird sie abholen. Es gibt keinen Dresscode. Bis heute Abend, Herr Obergföll und liebe Grüße an die Gattin!"

Und so wie Hannah Stürmer in Georgs Büro gestürmt war, so verließ sie es auch wieder: tough und vielleicht eine kleine Spur divenhaft.

*****

Punkt 19:00 Uhr läutete es an der Haustür. Es war der avisierte Fahrer. Georg hatte selbst geöffnet und schickte sich an, in das Auto zu steigen, als der Mann fragte:

„Und die gnädige Frau?"

Georg wollte schon antworten, „dass hier keine gnädige Frau wohne", unterließ es aber und sagte stattdessen:

„Meine Frau kommt nicht mit."

Der Fahrer brachte Georg zu einem Restaurant, etwas außerhalb der Stadt gelegen. Noch vor dem Betreten desselben war Georg klar, dass es keine Location für jedermann war.

Allein die davor parkenden Autos sprachen eine deutliche Sprache.

„Ich freue mich, dass Sie gekommen sind, Herr Obergföll", begrüßte Hannah den Ankömmling. *„Wollte Ihre Gattin nicht mitkommen? Ich hätte mich gefreut, sie kennenzulernen."*

„Das geht leider nicht", erwiderte Georg, *„wir haben einen kleinen Sohn."*

„Ach ja?", sagte Hannah, *„wie alt ist er denn?"*

„Er wird acht in ein paar Wochen", antwortete Georg.

„Und da kann er nicht alleinbleiben?", fragte Hannah erstaunt.

In Georg begann es zu brodeln.

„Man merkt, dass Sie keine Kinder haben", entfuhr es ihm, und noch in derselben Sekunde bereute er diese dumme Bemerkung.

Hannah sah ihn mit eisiger Mine an.

„Nein", sagte sie leise, *„mir war es leider nicht vergönnt, Mutter zu werden."*

Und bevor Georg einwenden konnte, dass es ihm leidtue, fügte Hannah hinzu:

„Und ganz offensichtlich war es wohl besser so."

Georg wünschte sich, er wäre nicht hier. Er hätte sich ohrfeigen können, dass er ins offene Messer dieser Frau gerannt war.

„Oliver ist ein lieber, kleiner Kerl. Es stürzt gerade sehr viel auf ihn ein. Die neue Umgebung, das große Haus, das sind Dinge, mit denen er erst vertraut werden muss. Deshalb haben wir es vorgezogen, ihn nicht allein zu Hause zu lassen.

Und wenn es Ihnen recht ist, dann möchte ich jetzt gehen. Wir können das Essen ja irgendwann einmal nachholen. Am besten am Tag. Dann kann ich meine Frau und meinen Sohn mitbringen.

Ich bedanke mich für die Einladung und wünsche Ihnen noch einen schönen Abend. Ihr Fahrer muss mich nicht zurückbringen, ich werde mir ein Taxi rufen lassen."

Georg erhob sich und wollte gehen.

„Setzen Sie sich wieder!"

Aus dem Mund von Hannah klang es beinahe wie ein Befehl. Georg blieb kurz stehen und sah Hannah an. Dann wollte er sich abwenden, als er Hannah *„Bitte!"* sagen hörte.

Es klang beinahe flehentlich. Georg wandte sich um.

„Bitte, setzen Sie sich wieder Georg und verzeihen Sie mir. Es tut mir leid."

Georg sah Hannah erneut an. Es war, als hätte sie zwei Gesichter. Das, in welches er jetzt blickte, war neu für ihn. Es spiegelte Angst und Verletzlichkeit wider. Georg setzte sich.

„Lassen Sie uns noch einmal von vorne beginnen", sagte Hannah. *„Ich freue mich, dass Sie gekommen sind, und ich bedaure, dass Ihre Gattin nicht mitkommen konnte. Aber wir werden das irgendwann nachholen. Einverstanden?"*

Georg nickte.

„Fein. Dann lassen Sie uns bestellen."

Da war wieder das andere Gesicht; alles im Griff habend und über den Dingen stehend. Hannah hatte den alten Zustand wiederhergestellt. Den gefühlsmäßigen Ausrutscher von gerade eben hatte sie bereits wieder verdrängt.

„Mögen Sie Fleisch oder sind Sie ein Hasenfutteranhänger?"

Georg lachte über den Ausdruck und bejahte, dass er Fleischesser wäre.

„Hier gibt es das beste Entrecôte im ganzen Land. "

Als Georg nicht darauf reagierte, winkte sie den Kellner herbei und sagte:

„Bringen Sie uns zweimal das Entrecôte und zwei Herrengedecke. "

Der Kellner bedankte sich für die Bestellung und entfernte sich.

„Jetzt habe ich doch glatt vergessen, Sie zu fragen, ob Sie vielleicht Antialkoholiker sind", sagte Hannah und Georg schüttelte den Kopf.

„Da habe ich ja noch mal Glück gehabt. "

Als der Kellner mit den Getränken kam und eingeschenkt hatte, hob Hannah ihr Glas.

„Ich freue mich wirklich, dass Sie hier sind", sagte sie und fügte hinzu:

„Es ist lange her, dass ich das zu jemand gesagt habe. "

Dann stieß sie mit Georg an und Georg fragte sich, ob es überhaupt möglich wäre, aus seinem Gegenüber schlau werden zu können…

*****

Der Abend, der am Anfang etwas holprig begonnen hatte, entwickelte sich im weiteren Verlauf immer mehr zu einer harmonischen Angelegenheit.

Hilfreich war hierbei wohl auch der Alkohol, der seinen Beitrag dazu leistete und es ermöglichte, dass man irgendwann vom distanzierten SIE zum vertrauten DU übergegangen war.

„Was ist eigentlich aus meinem Vorgänger geworden?", fragte Georg und Hannah antwortete:

„Der sitzt gerade vor dir und macht dir schöne Augen."

Georg überging die Anspielung, vermutlich um sich zu schützen, aber vielleicht auch nur, weil er nicht mehr imstande war, die Brisanz der Worte zu erkennen. Der Alkohol zeigte bereits Wirkung.

„Das verstehe ich nicht", erwiderte Georg wahrheitsgemäß, *„das musst du mir näher erklären."*

„Hör zu!", begann Hannah. *„Mein lieber Vater hatte einen Schlaganfall und ist jetzt halbseitig gelähmt."*

„Das tut mir leid", bekundete Georg.

„Sei still und unterbrich mich nicht", sagte Hannah und fuhr fort:

„Also übernahm ich die Leitung der Firma und deshalb wurde die Stelle des stellvertretenden Geschäftsführers vakant."

„Das verstehe ich", erwiderte Georg, „aber wieso braucht es zwei Geschäftsführer. Also dich und mich?"

„Weil einer allein das nicht schafft", antwortete Hannah.

Georg schaute Hannah verständnislos an.

„Hast du überhaupt eine Ahnung, wie groß unser Geschäft ist?", fragte Hannah.

„Offenbar nicht", sagte sie weiter, nachdem keine Reaktion von Georg erfolgt war.

„Wir haben außer der Firma hier noch weitere Filialen. Eine sogar in Ostende. Jetzt staunst du aber, nicht wahr?"

In Hannahs Stimme schwang ein gewisser Stolz mit, als sie das sagte.

„Die Firma meines Großvaters ist über hundert Jahre alt und hat ihren Sitz in Kopenhagen. Ich sage nur <Nielsen-Transport-International>, die kennst du vielleicht sogar."

Georg war beeindruckt. Natürlich kannte er diese Firma. Er hatte bei seinem vorherigen Arbeitgeber sogar schon einmal mit ihr zu tun.

„*Das ist dein Großvater?*", fragte er erstaunt.

„*War, mein Lieber*", erwiderte Hannah. „*Bedste-far*[7] *William ist schon lange gestorben. Mein Onkel Mads führt jetzt die Firma. Er ist Mamas Bruder.*"

Georg brauchte einen Augenblick, um das Gesagte einzuordnen. Dann sagte er:

„*Du hast gesagt, es gibt sogar eine Filiale in Ostende? Und wer führt die?*"

Hannah lächelte verschmitzt. Dann sagte sie:

„*Was glaubst du, warum du so ein fettes Gehalt beziehst? Ostende wird demnächst zu deinem Aufgabengebiet gehören.*"

Georgs Erstaunen wuchs zusehends. Er sah Hannah nur fragend an.

Dann sagte er:

„*Heißt das, ich muss dort wohnen?*"

„*Aber nein*", antwortete Hannah lachend, „*das meiste machst du von deinem Schreibtisch aus, und ab und zu fährst du dorthin, um nach dem Rechten zu sehen.*

Es sind ja nur zwei Stunden mit dem Auto, wenn du über die Storebæltsbroen fährst. Das ist die Brücke,

---

[7] *Dänisch für Großvater*

*die den Großen Belt überquert, die Meerenge zwi-
schen den Inseln Fünen und Seeland.*

*Du kannst aber auch die Fähre von Fynshav nach
Bøjden benützen und dann weiter nach Odense fah-
ren. Das ist zwar näher, aber du brauchst dafür eine
Stunde mehr. Und sollte dich die Arbeit dort einmal
länger festhalten, dann findest du über dem Firmengebäude eine kleine, schnucklige Wohnung."*

Georg hatte gebannt zugehört. Die vielen neuen
Informationen drohten ihn beinahe zu erschlagen.

*„Und was geschieht mit mir, wenn dein Vater wie-
der gesund ist und in die Firma zurückkommt?"*, fragte er besorgt. Georg wusste nicht, warum ihn dieser
Gedanke gerade bewegte. Er war ganz einfach plötzlich da.

„Ernsthaft?"

Hannah schien über die Frage ebenso erstaunt wie
Georg.

„Hast du mir nicht zugehört?", sagte sie, *„mein
Vater ist halbseitig gelähmt. Er kann nicht sprechen.
Er lallt nur unverständliches Zeug wie ein Säugling.
Und außerdem hatte er im vergangenen Jahr schon
zwei Infarkte. Der kommt nicht mehr zurück."*

Georg erschrak über die Worte von Hannah. Sie
waren analytisch und wirkten kalt, ja fast schon herz-
los. Aber vielleicht war das die einzige Möglichkeit

für Hannah, damit fertig zu werden, dass ihr über-
mächtiger Vater jetzt hilflos wie ein kleines Kind war.

*„Jetzt ist es aber genug. Herr Ober, bringen Sie
uns eine Flasche Champagner!"*

Hannahs Tonfall war jetzt ein ganz anderer. Es
klang, als hätte sie das Buch, aus dem sie noch vor
wenigen Augenblicken vorgelesen hatte, auf einmal
zugeschlagen. Georg wollte sich dagegen sträuben,
aber als er die Tränen in Hannahs Augen sah, unterließ er es.

Der Kellner hatte den Champagner eingeschenkt.
Hannah hob ihr Glas und sagte laut:

*„Lass uns aufs Leben trinken und darauf, dass
mein geliebter Herr Papa bald wieder gesund ist.
Skål!"*[8]

*****

„Wieso hast du auf der Couch geschlafen?"

Clara hatte Georg schlafend im Wohnzimmer vorgefunden. Sie war völlig durcheinander.

*„Ich habe mir große Sorgen gemacht, als du nicht
nach Hause gekommen bist. Und erreichen konnte ich
dich auch nicht."*

---

[8] *Prost!*

95

„*Tut mir leid*", antwortete Georg und richtete sich auf.

„*Wir waren in einem stinkfeinen Restaurant, wo man angehalten wird, sein Telefon auszuschalten.*"

„*So einen Unsinn habe ich noch nie gehört*", erwiderte Clara, und in ihrer Stimme schwang Aggression mit.

„*Ich weiß, das klingt komisch*", sagte Georg, „*aber glaube mir, Liebling, das ist wirklich so.*"

„*Geh erst einmal duschen, du stinkst nach Alkohol. Ich möchte nicht, dass dich Oliver so sieht.*"

Georg war erstaunt, diese Worte aus Claras Mund zu hören. Er stellte sich vor, wie oft Berthold wohl so von ihr vorgefunden worden war. Und plötzlich bekam Claras Verhalten Sinn.

„*Du hast völlig recht*", sagte er, „*bitte verzeih!*"

„*Mir tut es auch leid, Toutou*", erwiderte Clara, „*ich habe wohl gerade etwas überreagiert.*"

Georg stand auf und nahm Clara in den Arm.

„*Das wird nie wieder passieren*", sagte er. „*Ich geh jetzt duschen und wenn Oliver in der Schule ist, erzähle ich dir alles.*"

Als Georg unter der Dusche stand, versuchte er seine Gedanken zu ordnen. Aber so sehr er sich auch bemühte, ein Teil seiner Erinnerung bestand aus einem großen, schwarzen Loch.

*****

Als Georg in die Firma kam, trug ihm seine Sekretärin auf, er möge bitte zum Personalchef kommen.

Harald Schmücker begrüßte Georg mit den Worten:

„Du lieber Himmel, wie siehst du denn aus? Bist du unter einen Lastwagen geraten?"

Der Personalchef hatte Georg gleich am ersten Tag das DU-Wort angetragen, mit der Begründung, dass sie der gleiche Jahrgang wären, wie Harald aus der Personalakte entnommen hatte.

Georg war zwar frisch geduscht und er hatte ordentlich mit Mundwasser gegurgelt, aber die Spuren des vergangenen Abends waren noch deutlich zu erkennen. Hinzu kam noch ein ordentlicher Brummschädel.

„Ich nehme an, das ist Hannahs Werk", sagte Harald weiter, *„diese Frau verträgt schon einen ordentlichen Stiefel."*

Georg nickte.

„*Möchtest du vielleicht einen Kaffee oder lieber ein Aspirin?*", fragte Harald und Georg antwortete:

„*Ein Wasser und ein Aspirin wäre nett.*"

Harald ließ beides bringen und teilte Georg dann mit, warum er ihn sprechen wollte.

„*Du hast mich doch gefragt, ob ich vielleicht jemand wüsste, der Verwendung für eine Steuerfachkraft hätte, vulgo für deine liebe Ehefrau.*"

„*Ja*", antwortete Georg, „*und, hast du jemand?*"

„*Warum in die Ferne schweifen, sieh, das Gute liegt so nah.*"

Harald versetzte Georg mit diesem Goethezitat in großes Erstaunen.

„*Heißt das etwa...?*"

Georg war ins Stocken geraten.

„*Deine Frau kann gleich morgen bei uns anfangen*", erlöste der Personalchef Georg, der ihn fassungslos anstarrte.

„*Das ist ja wunderbar*", sagte Georg, „*ist das wirklich wahr?*"

„*Ja, mein Lieber*", antwortete Harald, der aus seinem Schreibtisch eine Flasche Cognac hervorzauberte und vor Georg aufbaute.

„*Das müssen wir begießen*", sagte Harald und zauberte noch zwei Gläser herbei.

„*Bleib mir bloß vom Leib*", stieß Georg voller Entsetzen hervor, „*oder willst du mich umbringen?*"

„*Um Gottes willen, nein*", erwiderte Harald, „*war es wirklich so schlimm?*"

„*Schlimmer*", erwiderte Georg, „*bitte, sei mir nicht böse.*"

„*Auf gar keinen Fall*", sagte Harald, „*wir holen das bei Gelegenheit nach. Rede mit deiner Frau darüber und sage ihr, sie soll bitte zeitnah vorbeikommen, damit wir die Einzelheiten besprechen können.*

Und bitte, grüße sie unbekannterweise recht lieb von mir. Und du solltest wieder nach Hause gehen und dich regenerieren. So, wie du beieinander bist, kannst du wohl kaum effiziente Arbeit leisten.

Den Restalkohol kann man noch auf zehn Meilen Entfernung riechen…

*****

Georg hatte den Rat des Personalchefs ignoriert und war in das Büro von Hannah marschiert, wo er eine Frau mit Sonnenbrille vorfand.

„*Guten Morgen, Frau Stürmer!*"

Hannah Stürmer nahm ihre Sonnenbrille ab. Sie sah Georg mit einem süffisanten Lächeln an.

„Guten Morgen, mein Lieber", erwiderte Hannah, *„warum so förmlich? Hast du den gestrigen Abend schon vergessen?"*

Georg wünschte sich in diesem Augenblick, den gestrigen Abend hätte es nie gegeben. Er hatte sich immer wieder bemüht, sich zu erinnern, was passiert war, nachdem sie das Lokal verlassen hatten.

Er konnte sich nur daran erinnern, dass sie im Fond des Wagens Platz genommen hatten; aber was danach geschah, lag in völliger Dunkelheit.

„Wie könnte ich", antwortete Georg vorsichtig, *„ich dachte nur, es wäre angebracht, wenn wir in der Firma förmlich miteinander umgehen würden."*

„Unsinn", erwiderte Hannah, *„dazu gibt es überhaupt keinen Grund. Wie du schon bemerkt haben dürftest, gehen wir hier alle recht formlos miteinander um. Das ist Teil des Firmenkonzeptes von meinem Vater."*

„Aha..."

Mehr fiel Georg gerade nicht ein.

„Hast du schon mit Harald gesprochen?", fragte Hannah.

„Ja", antwortete Georg, *„du meinst sicher die Sache mit meiner Frau."*

„Wenn du das Angebot für deine Frau, bei uns mitzuarbeiten, als <Sache> bezeichnen willst, dann JA", antwortete Hannah lächelnd.

Georg fühlte sich unwohl. Er fühlte sich dieser Frau in allen Belangen unterlegen, ein Gefühl, das völlig neu für ihn war.

„In welcher Funktion soll Clara hier arbeiten?", fragte Georg, um sich damit dem Wortgeplänkel zu entziehen.

„Genaueres müssten wir erst noch mit deiner Frau besprechen", antwortete Hannah, *„es wäre gut, wenn sie deshalb demnächst zu uns käme. Ich könnte dann, zusammen mit Harald und Clara ein Konzept ermitteln, das für alle Teile zufriedenstellend wäre."*

„Ganz so einfach ist das nicht", erwiderte Georg, der schon beinahe bereute, dass er Harald darum gebeten hatte, ihm eventuell bei der Suche nach einer Beschäftigung für Clara zu helfen.

„Was heißt das?", fragte Hannah.

„Das heißt, dass wir ja unseren kleinen Sohn haben", antwortete Georg, *„und dass meine Frau keinen Ganztagsjob übernehmen kann."*

„Na, und?", erwiderte Hannah, *„dafür gibt es Lösungen."*

„Und wie soll die aussehen?", fragte Georg, dessen Tonfall gerade etwas gereizt klang.

„Teilzeit, gleitende Arbeitszeit, Homeoffice, da gibt es mehrere Möglichkeiten", antwortete Hannah barsch, *„das sollten wir doch besser mit deiner Frau besprechen, meinst du nicht auch?"*

Die beiden Kontrahenten sahen einander an.

„Natürlich", erwiderte Georg kleinlaut, dem bewusst worden war, dass er den Bogen leicht überspannt hatte.

„Entschuldige bitte!"

Hannah nahm die Entschuldigung an, ohne es auszusprechen. Sie sagte stattdessen:

„Der Abend gestern war wohl doch etwas zu heftig. Am besten, du nimmst dir den Rest des Tages frei und wir reden morgen weiter. Ich wünsche dir noch einen schönen Tag und liebe Grüße an Clara."

*****

Die Überraschung war groß, als Tyche von den Moiren eingeladen wurde. Bisher verhielt es sich ja immer umgekehrt.

Tyche ahnte nicht Gutes, als sie die drei Schwestern besuchte.

„Schön, dass du gekommen bist. Wir haben auch Akropolis Schnitten besorgt.“

Diese Worte, ausgerechnet von Klotho, steigerten die Befürchtungen von Tyche noch mehr. Sie beschloss, den Stier bei den Hörnern zu packen.

„So sehr ich mich über eure Einladung freue, so sehr interessiert mich der Grund dafür.“

„Kannst du dir das nicht denken?“

Lachesis sorgte mit dieser Frage für die nächste Überraschung. Tyche befürchtete, dass Lachesis ihre schützende Hand von ihr genommen hatte.

Tyche hegte zwar eine Vermutung, beschloss aber erst einmal, die Ahnungslose zu spielen.

„Tut mir leid, liebe Lachesis, ich habe nicht die geringste Ahnung.“

„Dann muss ich dir wohl auf die Sprünge helfen, liebe Tyche“, erwiderte Lachesis. Die leichte Gereiztheit in ihrer Stimme war unüberhörbar.

Jetzt meldete sich Atropos zu Wort. Sie hatte schon längst bemerkt, dass Lachesis Gefühle für Tyche hegte, die von dieser offenkundig nicht erwidert wurden.

„Wir haben dich zu uns gebeten, weil unser gemeinsames Projekt ins Wanken geraten ist.“

Tyche bemühte sich, überrascht zu wirken, was jedoch nur wenig Wirkung zeigte. Sie sah in den Gesichtern der drei Schwestern, dass ihr Versuch gescheitert war.

„Ich nehme an, ihr meint die Sache mit Georg und Hannah?", sagte Tyche vorsichtig.

„Genau die", bestätigte Lachesis. *„Oder ist dir das Rumgeknutsche auf der Rückbank des Autos etwa entgangen?"*

„Natürlich nicht", erwiderte Tyche, *„aber das war nicht Georg, das war der Alkohol."*

„Hörst du dir überhaupt zu, was du für einen Schwachsinn von dir gibst?"

Die Gangart von Lachesis hatte an Schärfe zugenommen.

„Mäßige dich, Schwester!"

Atropos hatte ein Machtwort gesprochen und Lachesis zuckte zusammen. Es tat ihr weh, von der eigenen Schwester gemaßregelt worden zu sein.

„Du musst doch zugeben, dass sich Georg fehlverhalten hat", wandte sie sich jetzt an Tyche, *„oder siehst du das anders?"*

Tyche überlegte einen kurzen Moment. Sie hatte erkannt, dass jedes Wort, das sie sagte, wohl überlegt werden musste. Sie musste Atropos auf ihre Seite ziehen, sonst wäre das Projekt verloren.

„Ich möchte dir da nicht widersprechen, Atropos", antwortete Tyche behutsam, *„denn die Fakten scheinen für sich zu sprechen.*

Aber erlaube mir, zu bemerken, dass die Initiative von der Frau ausging und nicht von Georg."

Tyche ließ die Worte erst einmal wirken und sah Atropos dabei ganz genau an. Atropos wiederum hielt dem Blick von Tyche stand. Tyche hätte alles dafür gegeben, hinter die Stirn von Atropos blicken zu können.

„Und es ist ja auch nicht zum Äußersten gekommen..."

Diese Worte waren Tyche aus dem Mund gefallen; einfach nur so.

Spannung lag in der Luft. Alle starrten jetzt zu Atropos, in Erwartung ihrer nächsten Worte.

Man hätte die buchstäbliche Nadel fallen hören können, wäre nicht Klotho in die Stille hineingeplatzt.

„Ich bewundere dich, Tyche", sagte sie, *„ich bewundere, mit wie viel Herzblut du um unser Projekt kämpfst. Findet ihr nicht auch?"*

Die Frage war an ihre beiden Schwestern gerichtet, die sie gerade fassungslos anstarrten.

Tyche tat das Gleiche. Um Jupiter willen, was hatte Klotho gerade getan? Nicht nur, dass sie ihrer großen Schwester in die Parade gefahren war, hatte sie Tyche unerwartet Schützenhilfe geleistet.

Und das Allerverrückteste? Sie applaudierte sich auch noch selbst.

Tyche sah flehentlich zu Atropos und ihre Befürchtung war riesengroß, dass Klotho ihr gerade einen Bärendienst erwiesen hatte.

Mit dieser Aktion hatte Klotho ihre Unreife eindrucksvoll zur Schau gestellt, und Atropos hatte gar keine andere Wahl, als den Lebensfaden der Liebe augenblicklich zu durchschneiden.

Und dann geschah etwas Unfassbares. Atropos lächelte ihre kleine Schwester an und wandte sich dann an Tyche. Sie sagte:

„Ich gebe dem Projekt noch eine allerletzte Chance."

*****

Georg hatte Clara überreden können, an einem Gespräch mit Hannah und Harald teilzunehmen.

Die beiden begrüßte Clara mit großer Herzlichkeit.

Georg fühlte sich ein wenig unwohl, als Hannah Claras Hand bei der Begrüßung unverhältnismäßig lange festhielt. Zumindest empfand er das so.

Sein Erinnerungsvermögen, den feuchtfröhlichen Abend mit Hanna betreffend, war noch immer nicht wieder zurückgekehrt, und allmählich kam bei Georg der Verdacht auf, dass er vielleicht das Vorkommnis verdrängen könnte.

„Ich weiß von Ihrem Gatten, dass Sie BWL studiert haben, dass Sie in der Finanzbuchhaltung versiert sind und in der Steuerkanzlei Ihres Vaters gearbeitet haben."

Clara bejahte die Frage des Personalchefs und fügte hinzu:

„Ich bin aber schon seit einigen Tagen nicht mehr tätig, wie Sie ja wissen, und ich habe berechtigte Zweifel, ob ich Ihnen von Nutzen sein kann."

Clara hatte genau das getan, was sie zu Hause immer wieder zu Georg gesagt hatte. Sie meldete ihre Bedenken an, ob ein Wiedereinstieg sinnvoll wäre.

Georg hatte dagegengehalten, dass sein Verdienst zwar ausreichend wäre, dass ein zusätzliches Einkommen jedoch ihren Lebensstandard erheblich verbessern würde.

„Ich glaube nicht, dass Sie in den vergangenen Jahren alles verlernt haben, Frau Brauer", meldete sich Hannah zu Wort, *„und in Zeiten von Internet und*

Google kann man Wissenslücken sehr schnell wieder schließen. Meinen Sie nicht auch?"

Georg sah zu Clara und er las in ihrem Gesicht, dass diese Bemerkung von Hannah nicht gerade als Basis für eine wunderbare Freundschaft zwischen den beiden Frauen diente.

„Dem kann ich mich nicht anschließen, Frau Stürmer", erwiderte Clara, *„aber was das Vergessen angeht, so denke ich, dass sich das bei mir in Grenzen hält. Und die Steuergesetze dürften sich in letzter Zeit wohl auch nicht marginal geändert haben."*

„Sehen Sie, Frau Brauer", sagte Hannah, *„da liegen wir ja gar nicht so weit auseinander. Ich würde vorschlagen, Herr Schmücker gibt Ihnen jetzt einen kurzen Umriss von dem, was wir uns für Sie vorgestellt haben.*

Sie denken darüber nach, ob das praktikabel für Sie wäre, und dann entscheiden Sie sich. Und ich hoffe sehr, Sie entscheiden sich für uns. Einverstanden?"

Clara nickte und hörte dann aufmerksam zu, wie ihr eventuell künftiges Betätigungsfeld aussehen würde.

„Wir haben an eine Tätigkeit als eine Art Konsultantin gedacht. Es geht uns primär um Belange der Buchhaltung. Sie müssten ein wachsames Auge darauf haben und bei der Erstellung der Bilanz Hand mitanlegen. Ein weiteres Arbeitsgebiet wäre die Kontrolle von betrieblichen Abläufen und Marktanalyse. Das

Sahnehäubchen wären dann wohl noch Ihre Steuer-kenntnisse."

Clara wollte Hannah gerade unterbrechen, als diese sagte:

Ich weiß, das klingt erst einmal bedrohlich, Frau Brauer, aber lassen Sie mich weiter fortfahren. Sie wären vollkommen autark, was das Handling Ihres Zeitmanagements betrifft.

Während der Junior in der Schule ist, könnten sie in Ihrem Büro vor Ort arbeiten, und wenn er nach Hause kommt, könnten Sie Homeoffice betreiben. Das würde auch dann zur Anwendung kommen, wenn er vielleicht krankheitsbedingt Ihre Anwesenheit zu Hause erfordern würde.

Was meinen Sie? Einmal generell gefragt: Aufgabengebiet und Arbeitszeiten, wäre das für Sie vorstellbar? Und könnte Sie die Aufgabe reizen?"

Clara hatte Hannah die ganze Zeit über genau beobachtet. Was sie sah, stimmte sie nachdenklich. Sie musste spontan daran denken, wie sie ihren Ehemann, nach einem Arbeitsessen mit seiner Chefin, am Morgen völlig zerknautscht auf der Couch vorgefunden hatte. Und jetzt saß sie dieser Frau gegenüber und konnte nicht umhin, Bewunderung für diese exotische Schönheit zu empfinden. Groß, schlank, wohlgeformt, schwarzes Haar, dunkle Augen, alles Zutaten für ein Abenteuer. Und zwar für jeden Mann; auch für ihren Georg.

„*Was meinen Sie?*", wiederholte Hannah ihre Frage.

„*Wollen sie vielleicht doch erst lieber darüber nachdenken, Frau Brauer?*"

„*Nein*", antwortete Clara, „*das wird nicht nötig sein. Ich kann mir das alles sehr gut vorstellen, Frau Stürmer.*"

Hannah war überrascht von Claras Antwort, zumal sie nicht im Konjunktiv gegeben worden war.

„*Das ist ja wunderbar, liebe Clara*", erwiderte Hannah beinahe euphorisch. „*Ich darf Sie doch so nennen; nicht wahr?*"

„*Aber ja doch*", erwiderte Clara, „*sehr gerne.*"

Hannah betätigte die Gegensprechanlage und sagte zu ihrer Sekretärin:

„*Bringen Sie uns bitte eine Flasche Champagner und vier Gläser!*"

*****

Clara hatte schon nach wenigen Wochen den passenden „Modus Operandi" für sich und ihre Tätigkeit gefunden. Sie genoss es, nach den vielen Jahren beruflicher Abstinenz, wieder einer Tätigkeit nachgehen zu dürfen, bei der sie ihr ganzes Können einsetzen konnte.

Georg bewunderte Clara, und Hannah war voll des Lobes für ihre Kollegin, die peu à peu zu einer Vertrauten mutierte.

Sie verbrachten gemeinsame Stunden auf dem Tennisplatz und unternahmen gelegentliche Shoppingtouren durch die diversen Boutiquen in der Stadt.

Mit der Zeit kamen sich Clara und Hannah immer näher, Sie machten sich manchmal einen Spaß daraus, sich auf Dänisch zu unterhalten, was ihnen ja durch ihre Mütter in die Wiege gelegt worden war.

Und wenn sich dann die anderen Anwesenden fragend ansahen, dann lachten die beiden Frauen.

Clara war angekommen. Sie fühlte sich ein wenig in die Zeit zurückversetzt, wie es war, bevor Berthold sie in die Provinz verschleppte.

Georg und Clara genossen die Zeit. Es gab viel Arbeit und es gab viel Alkohol. Das eine am Tag und das andere am Abend bis tief in die Nacht. Und für die Liebe war immer weniger Zeit…

*****

Oliver war in der Pubertät angekommen. Ein beginnender, noch zarter Oberlippenflaum kündete bereits davon. Und die ersten Machtproben zwischen Mutter und Kind.

Grenzen ausloten gehört nun einmal zum Tagesgeschäft eines Pubertierenden. Und es liegt in der Natur der Sache, dass man immer beim schwächsten Teil ansetzt. Und das sind in der Regel die Mütter.

Oliver war ein überdurchschnittlich guter Schüler. Umso überraschender kam die Nachricht, ein Erziehungsberechtigter möge zum Sprechtag in die Schule kommen.

Georg nahm diesen Termin wahr, obwohl sich Oliver eher seine Mutter gewünscht hätte.

Der Lehrer von Oliver, ein sehr sympathischer Zeitgenosse mit wenig Durchsetzungsvermögen, erklärte Georg, dass Oliver, zusammen mit zwei weiteren Mitschülern, den Unterricht störe, Oliver aber eher ein Mitläufer wäre.

Georg war entsetzt, als er das hörte. Er schämte sich für seinen Sohn, der die Gutmütigkeit seines Lehrers mit Füßen trat, und er entschuldigte sich bei dem Mann mit dem Versprechen, Abhilfe zu schaffen.

Gerade hatte Georg den Raum verlassen, da lief ihm Oliver über den Weg. Bei beiden löste das keinesfalls Freude aus.

Vor dem Schulgebäude angekommen, ergoss sich eine heftige Zornesrede über den Knaben, die in einer schallenden Ohrfeige ihren Höhepunkt fand.

Der erzürnte und gestrenge Vater machte dem Sohn eindringlich klar, dass es erbärmlich wäre, einen liebenswerten und schwachen Menschen zu knechten.

Oliver zeigte sich sichtlich beeindruckt von Strafpredigt und Ohrfeige. Noch mehr beeindruckte ihn jedoch die nachfolgende Einladung auf einen großen Eisbecher.

Nach der für Oliver völlig unlogisch erscheinenden Einladung befragt, gab der Vater zur Antwort:

„Dein Fehlverhalten ist mit der Ohrfeige abgegolten, und die Einladung zum Eis ist, weil ich dich liebe.“

Georg liebte seinen Sohn. Nachdem Clara und er geheiratet hatten, hatte Georg Oliver adoptiert.

Claras Ex, Berthold, hatte nicht einmal versucht, die Scheidung zu verhindern. Wohl auch darum, weil seine geheime Flamme jetzt offiziell brennen konnte.

Und gegen den Antrag auf Zustimmung der Adoption von Oliver legte er ebenfalls keinen Widerspruch ein, zumal dadurch die Unterhaltszahlung wegfiel.

*****

Georg war beruflich viel unterwegs. Da die Filiale in Odense zu seinem Aufgabengebiet gehörte, musste er öfter vor Ort sein.

Bisher war es so gewesen, dass es sich jeweils um Tagesausflüge handelte, die ihn meist spätabends wieder zurückbrachten. Dieses Mal war jedoch ein mehrtägiger Aufenthalt vorgesehen, und das in Begleitung von Hannah.

Die Wohnung über dem Firmengebäude war großzügig angelegt und umfasste, außer Wohnraum, Küche und Bad noch zwei Schlafzimmer.

„Das kleinere Schlafzimmer ist für dich", sagte Hannah. *„Ich nehme noch schnell ein Bad und dann gehen wir etwas essen. Ich habe schon einen Riesenhunger."*

Georg sah sich in der Wohnung um. Sie war sehr gemütlich und bestens ausgestattet. Sogar ein offener Kamin war vorhanden.

Die Tür zum Bad war angelehnt. Georg konnte Hannah hören.

„Ist die Wohnung allen Mitarbeitern zugänglich", fragte Georg und Hannah antwortete:

„Allen aus der Führungsetage", antwortete Hannah, *„aber warum fragst du?"*

„Nur so", antwortete Georg.

„Komm bitte herein und wasche mir den Rücken", sagte Hannah, was jedoch einer Aufforderung weitaus näherkam als einer Bitte.

Georg betrat das Bad und dann sah er Hannah zum ersten Mal nackt. Er fühlte eine aufsteigende Erregung. Hannah konnte es deutlich in Georgs Gesicht sehen.

„Zieh dich aus und steige zu mir in die Wanne. "

Dieses Mal klangen Hannahs Worte wie süßer Honig.

Georg war wie paralysiert. Er begann sich wie in Trance auszuziehen. Als er war schon fast nackt war, hielt er inne. Das Bild eines Déjà-vu-Erlebnisses tat sich vor ihm auf.

„Ich kann das nicht", stammelte er, *„ich kann das nicht; es tut mir leid. "*

Georg zog sich wieder an und stürmte aus dem Bad hinaus. Wenig später kam Hannah. Sie hatte sich angezogen und war bester Laune.

„Das hat jetzt gutgetan; aber jetzt habe ich Hunger. Was magst du lieber? ", fragte sie, *„japanisch, italienisch, französisch oder einheimisch? "*

Georg war erstaunt. Von dem Ereignis vor wenigen Minuten war nichts mehr zu spüren.

„Ist mir egal", antwortete er, *„wähle du aus. "*

„Gut", sagte Hannah, *„dann gehen wir ins <Kok & Vin>, das kenne ich. Dort kann man gut essen und einen guten Wein haben sie auch. "*

Hannah hatte nicht übertrieben. Das Essen schmeckte vorzüglich und der Wein war perfekt.

„Du kennst dich wohl gut aus hier", begann Georg eine Konversation nach dem Essen.

„Ja", sagte Hannah, *„als meine Großeltern noch lebten, sind wir öfter hierhergekommen. Sie haben mich in den Zoo mitgenommen, als ich noch klein war."*

„Leben sie noch?", fragte Georg.

„Großvater ist schon lange tot; aber Bedstemor[9] lebt noch. Sie ist in einem Pflegeheim in Kopenhagen."

„Hast du noch andere Verwandte in Dänemark?", fragte Georg weiter.

„Kann sein", antwortete Hannah, *„der Kontakt zu meinen mütterlichen Verwandten ist nicht allzu intensiv."*

„Und besuchst du deine Großmutter ab und zu?"

Georgs Fragen begannen zu nerven.

„Können wir auch einmal über etwas anderes reden?", erwiderte Hannah leicht gereizt. *„Zum Beispiel, warum du vorhin nicht zu mir in die Wanne*

---

[9] *Großmutter dänisch*

gestiegen bist? Ich wollte doch nur, dass du mir den Buckel schrubbst. Oder bin ich dir zu hässlich?"

„Natürlich nicht", antwortete Georg lachend, „und von wegen <den Buckel schrubben>; das glaubst du ja selber nicht."

Jetzt lachten beide.

„Lass und zum Eventyrhaven[10] gehen", sagte Hannah, „und darin lustwandeln. Es sind keine zehn Minuten Fußweg von hier."

Georg beglich die Rechnung und dann zogen sie los. Als sie den Park betraten, hakte sich Hannah bei Georg ein.

„Es stört dich doch nicht", sagte sie und Georg verneinte.

„Eigentlich heißt der Park <HC Andersens Garden>; aber keiner nennt ihn so", erklärte Hannah und dann deutete sie auf den Dichter, der in übermenschlicher Größe im Park postiert war.

„Du kennst doch Hans Christian Andersen?", fragte Hannah und Georg antwortete:

„Die Prinzessin auf der Erbse, die kleine Meerjungfrau, des Kaisers neue Kleider; genügt das?"

---

[10] Märchengarten

„*Du bist ja ein Experte*", erwiderte Hannah lachend, „*woher kommt das?*"

Georg wurde plötzlich sehr ernst. Er musste daran denken, wie es war, als er seiner kleinen Tochter Sabine Märchen vorlas, und wie sie gebannt an seinen Lippen hing, wenn er das tat.

„*Das weiß doch jeder*", antwortete Georg, „*Hans Christian Andersen und die Gebrüder Grimm; das gehört schon fast zur Allgemeinbildung.*"

Hannah lenkte den Weg hin zum Fluss. Vorbei an der „Nymphe Echo auf dem Hügel" von Aksel Hansen und der auf Wasser basierenden „Eisenskulptur Papirbåden[11]" von Erik Heide, ging es über endlose Stufen hinunter. Als sie am Fluss angekommen waren und sich umdrehten, sahen sie über dem Hügel die Kathedrale „St. Knuds Kirche" und das Rathaus.

„*Ich habe ganz vergessen, wie schön es hier ist.*"

Georg sah Hannah an, und das Gesicht, in das er blickte, strahlte viel Ruhe und Zufriedenheit aus. So hatte er Hannah noch nie zuvor gesehen.

„*Lass uns nach Hause gehen und noch ein Glas Wein trinken*", sagte Hannah und zog Georg mit sich fort.

---

[11] *Papierboot*

Georg lächelte. *„Nach Hause gehen; das klingt schön"*, dachte er, und es gefiel ihm, wie Hannah ihn fest an sich gepresst hielt.

„Frederik Romance", sagte Hannah, *„ich nehme an, der Name wird dir nichts sagen."*

Hannah hatte eine CD eingelegt, nachdem sie sich ein Hauskleid übergestreift hatte.

„Das ist ein dänischer Barde. Er singt Lieder mit Schmusegarantie. Ich hoffe, du erschreckst nicht wieder."

Georg sah Hannah vorwurfsvoll an.

„Entschuldige bitte". Sagte Hannah, *„ich bin wirklich schrecklich. Es gelingt mir immer wieder, Menschen zu verprellen, die ich liebe. Bist du mir böse?"*

Georg konnte dem mädchenhaften Charme, der gerade von Hannah ausging, nicht widerstehen. Hinzu kam noch die Musik von diesem Sänger.

„Ist schon gut", erwiderte Georg, *„ich bin dir nicht böse."*

Hannah ging zu Georg und küsste ihn. Georg erwiderte ihren Kuss, und als sie dann begann, sein Hemd aufzuknöpfen, wehrte er sich nicht…

*****

Lachesis hatte Tyche um ein Treffen gebeten. Für Tyche stand es außer Frage, dass es um ihr Projekt geht. Nach dem jüngsten Vorfall in Odense würde Lachesis den Lebensfaden auf gar keinen Fall verlängern.

Und hinzu käme wohl auch noch, dass Lachesis von Tyche vor einiger Zeit brüsk zurückgewiesen worden war.

„Hallo Lachesis, es ist schön, dich zu sehen."

Tyche bemühte sich, locker zu erscheinen und sich ihre Enttäuschung nicht anmerken zu lassen.

„Grüß dich, meine Liebe", antwortete Lachesis, betont kühl.

„Möchtest du vielleicht etwas trinken?", fragte Tyche, *„Kaffee, Tee oder vielleicht ein Wasser?"*

„Etwas Stärkeres wäre mir lieber", antwortete Lachesis, *„hättest du vielleicht einen Palatina?"*

„Aber ja doch", bestätigte Tyche, holte eilig das Getränk, sowie zwei Gläser und goss ein.

„Auf dein Wohl, liebe Lachesis!"

Lachesis hatte, ungeachtet des Trinkspruchs von Tyche, ihr Glas in einem Zug geleert und kam jetzt zum Grund ihres Besuches.

Sie schaute Tyche mit starrem Blick an und sagte dann in einem völlig ruhigen Tonfall:

„Ich mache mir nichts aus Frauen und ich bin nicht lesbisch."

Tyche fiel beinahe das Glas aus der Hand.

„Das behauptet doch auch niemand", erwiderte Tyche, *„Wie kommst du nur darauf?"*

„Hör auf mit dem Quatsch!"

Lachesis hatte die Worte heftig herausgestoßen.

„Du bist doch fest davon überzeugt", sagte sie weiter, *„also hör auf mit deiner Heuchelei."*

Tyche beschloss, ihre Taktik zu ändern.

„Mag ja sein, dass ich etwas verunsichert war, was deine sexuelle Orientierung betrifft, aber, dass du lesbisch bist, das habe ich niemals gesagt."

„Das ist doch Haarspalterei", erwiderte Lachesis unvermindert laut, *„das ist deiner unwürdig."*

Tyche war ob dieser Bemerkung überrascht. Das hätte sie von Lachesis nicht erwartet.

„Es tut mir leid", sagte Tyche, *„sollte ich dich in irgendeiner Form gekränkt oder verletzt haben, dann bitte ich dich um Entschuldigung.*

„Ich habe deine liebevolle Art ganz offensichtlich missdeutet. Ich meine das mit dem Küssen…"

Jetzt geriet Lachesis in Fahrt. Sie war aufgestanden und schrie:

„Beim Jupiter; das waren Küsse auf die Wange, wie man das unter Freundinnen so macht. Den Unterschied musst du doch kennen."

Tyche goss eilig Palatina nach.

Dieses Mal leerte sie ihr Glas schneller als Lachesis. Lachesis stellte danach ihr Glas ab und schob es in Richtung Tyche. Die Aufforderung war nicht zu übersehen.

Tyche goss erneut nach.

„Der ist einfach gut", sagte Lachesis, was dazu führte, dass beide Frauen lachen mussten.

„Es tut mir wirklich leid, Lachesis, dass ich dir so unrecht getan habe, und ich bitte dich nochmals um Entschuldigung.

Vielleicht kannst du mir verzeihen und vielleicht können wir irgendwann sogar Freundinnen werden."

Lachesis bekam Tränen in die Augen, als sie das hörte.

„Warum irgendwann?", erwiderte sie, *„warum nicht gleich?"*

Tyche stand auf und umarmte Lachesis. Sie hielt sie fest umschlungen und sagte:

„Ich war so dumm, bitte verzeih!"

„Ist schon längst geschehen", erwiderte Lachesis und löste die Umarmung.

Danach wurde gelacht und geküsst. Und dieses Mal ging die Initiative von Tyche aus.

Es folgten noch weitere Palatinas, und bevor sich die Freundinnen voneinander verabschiedeten, fragte Tyche vorsichtig:

„Wie geht es eigentlich mit unserem Projekt weiter?"

„Da musst du meine große Schwester fragen", antwortete Lachesis, *„aber wir wissen ja beide, wie die Dinge gerade liegen..."*

*****

Clara überraschte Georg mit einem gedeckten Tisch und Kerzenlicht.

„Gibt es etwas zu feiern?", fragte Georg, *„habe ich etwas vergessen?"*

„Setz dich erst einmal und schenke uns ein", erwiderte Clara mit einem verschmitzten Lächeln.

Nachdem sie einander zugeprostet und getrunken hatten, sagte Clara:

„Erinnerst du dich an unser Gespräch auf der Treppe?"

Georg wusste nicht gleich, worauf Clara mit ihrer Frage hinauswollte, erinnerte sich dann aber doch.

„Das war ein wunderschönes Gespräch", erwiderte Georg, *„und ein außergewöhnliches Geschenk."*

Als Clara nicht weiter darauf einging, und Georg stattdessen nur strahlend anschaute, als hätte sie den Hauptgewinn bei einer Lotterie gezogen, ging Georg ein Licht auf.

„Bist du schwanger?", fragte er aufgeregt und das nicht enden wollende Strahlen in Claras Gesicht war Antwort genug.

„Das ist ja wunderbar", sagte Georg und umarmte Clara.

Danach widmeten sie sich all den Köstlichkeiten, welche Clara am Nachmittag besorgt hatte und feierten die Erfüllung eines Traumes, der vor langer Zeit begann und gerade seine Erfüllung gefunden zu haben schien; denn in der Ferne zogen bereits die ersten dunklen Wolken auf...

*****

„Tempus vis fortis.“[12]

Dieses Zitat von Georgius besagt, dass alles einem ständigen Wandel unterliegt, bedingt durch die Zeit. Egal ob Dinge, Natur, Lebewesen, sogar die Gefühle unterliegen dem Wandel.

Und dazu ergänzend passt Cicero:

Omne animal se ipse diligit.“[13]

Clara hatte sich den „Traum auf der Treppe“ bewahren können. Für Georg hingegen war es nur noch eine schöne Erinnerung.

Nicht, dass er sich auf das Kind nicht gefreut hätte; es war eben nur anders als bei Clara.

Die Schwangerschaft brachte Probleme mit sich. Es bestand die Gefahr eines Abortus, dem Clara, auf Anraten des Arztes, durch totale Schonung entgegenwirkte.

Das brachte auch mit sich, dass Clara Georg den Zutritt zu ihrer Liebespforte verweigerte, wofür Georg vollstes Verständnis zeigte.

Er zollte der schwierigen Lage Respekt, und er baute seinen überquellenden Testosteronspiegel an anderer Stelle ab.

---

[12] *Die Zeit ist eine starke Macht.*
[13] *Jedes Lebewesen liebt sich selbst.*

Hannah zeigte sich in dieser schwierigen Zeit als gute Freundin. Sie war mit ihrer helfenden Hand zur Stelle und auch mit dem Rest ihres Körpers.

Mitte des achten Monats kam Sybille auf die Welt, war gesund und erfreute ihre Eltern.

Olivers Freude über seine kleine Schwester hielt sich in Grenzen; er bemühte sich aber sehr, es sich nicht anmerken zu lassen.

Die Taufe, ein paar Wochen später, wurde zu einem Riesenevent, bei dem die kleine Sybille keine Mine verzog, als ihre Taufpatin, Tante Hannah, sie über das Taufbecken hielt, während der Vertreter der Kirche dem Kind Wasser über den Kopf schüttete.

Sybille war ein sehr willensstarkes Wesen, das von Anfang an seine Grenzen klar absteckte. Das Schlachtfeld, auf dem sie kämpfte, waren die Nachtstunden.

Das konnte nicht lange gut gehen, und so beschlossen die Geschädigten, eine Nanny unter Vertrag zu nehmen. Damit wurden zwei Fliegen mit einer Klappe geschlagen. Die Eltern konnten wieder durchschlafen und Carla konnte zu ihrer alten Beschäftigung zurückkehren.

Business as usual – so schien es zumindest…

*****

Georg und Clara entfernten sich immer mehr voneinander, ohne dass es ihnen bewusstwurde. Die Arbeit in der Firma nahm sie voll in Beschlag.

Als Georg dann die Leitung der Außenstelle Odense übernahm und auch unter der Woche die Firmenwohnung benützte, bewegte sich seine Ehe mit großen Schritten dem Abgrund zu.

Hannah besuchte Georg, so oft es ging, frei nach dem Motto: „Praevalent inlicita".[14]

Was Hannah jedoch nicht wissen konnte, war die traurige Tatsache, dass sie eine jüngere Konkurrentin bekommen hatte.

Das wiederum stellte Georg vor das Problem der Koordinierung für die beiden Gespielinnen.

Hannahs Konkurrentin hieß Patrizia Schilling und war Georgs Assistentin. Zwischen den beiden hatte es gleich zu Beginn ihrer Zusammenarbeit gefunkt.

Georgs Skrupel hielten sich in Grenzen. Vielleicht lag es daran, dass sein sexuelles Interesse an Clara auf ein Minimum geschrumpft war, vielleicht war er aber einfach nur sexsüchtig.

Die Wissenschaft beschreibt Sexsucht wie folgt:

---

[14] *Was verboten ist, hat seinen besonderen Reiz. (Zitat von Tacitus)*

Beschreibung: *Verhaltenssucht, exzessive, zwanghafte sexuelle Betätigung trotz negativer Konsequenzen.*

Symptome: *ständig sexuelle Fantasien, exzessiver Pornofilm-Konsum, häufiges Masturbieren, ständig wechselnde Sexualpartner, ausbleibende Befriedigung, Suche nach dem "Kick."*

Aber ganz so einfach lagen die Dinge bei Georg nicht. Zugegeben, Sex war ihm zeitlebens wichtig; aber nie ohne eine wichtige Begleitung. Sex ohne Liebe hätte ihn auf Dauer nicht befriedigt.

Sicher, keine Regel ohne Ausnahme. Und was die Sexsucht angeht, so traf das nicht wirklich auf ihn zu. Wenn man die Symptome betrachtete, so blieb bei ihm lediglich die Suche nach dem „Kick" übrig. Alles andere, na ja…

Die Sache mit Hannah war zu keiner Zeit eine Liebesbeziehung, auch nicht aus Hannahs Sicht. Bei ihr ging es vermutlich ebenso um den „Kick", wie bei Georg.

Bei Patrizia lagen die Dinge ganz anders.

Sie war um einiges jünger als Georg und sie vermittelte ihm ein Gefühl, selbst wieder ganz jung zu sein.

Es war ein wenig wie bei Schneewittchen. Nur dass Patrizia der Prinz war und Georg Schneewittchen.

Georgs Heimfahrten zu den Wochenenden wurden immer seltener. Seine Ausreden, die Arbeit sei schuld daran, verloren immer mehr an Glaubwürdigkeit, und die Vorwürfe seitens Clara wurden zusehend heftiger.

Hannah hatte ihre Besuche in Odense auf ein Minimum zurückgefahren und sie auf das rein Geschäftliche reduziert. Ihr war die Beziehung von Georg zu Patrizia schon längst aufgefallen, was wohl auch daran lag, dass Georg kein Geheimnis daraus gemacht hatte.

Selbst Clara gegenüber hatte Georg kein Geheimnis daraus gemacht. Er hatte ihr eröffnet, dass er mit Patrizia eine gemeinsame Zukunft plane, und dass er Clara die Entscheidung überlasse, ob sie die Scheidung wolle oder doch lieber eine Fortführung der Ehe um der Kinder willen bevorzuge.

Für Clara brach eine Welt zusammen. Sie konnte einfach nicht verstehen, dass eine so vollkommene Liebe wie die ihre zerbrechen konnte.

Sie kämpfte mit allen Mitteln dagegen, sie bettelte förmlich darum; aber selbst ihre Tränen vermochten Georg nicht umzustimmen. Sein Entschluss stand fest:

„Ein neues Leben mit einer neuen Frau."

Wenige Wochen später suchte sich Georg in Odense eine eigene Wohnung.

*****

Es sollte das letzte Treffen von Tyche und den Moirenschwestern sein, um die Aktion „Lebensfaden der Liebe" abzuschließen.

„Vielen Dank, dass ihr gekommen seid. Ich habe dieses Mal sogar Akropolis Schnitten besorgt."

Der Zusatz mit den köstlichen Mehlspeisen war lustig gemeint; kam aber nicht wirklich rüber.

Die Stimmung war gedrückt, wussten doch alle Anwesenden, dass das Experiment missglückt war.

„Ich habe euch vor einiger Zeit gebeten, etwas mit mir auszuprobieren, was es bis dahin noch nicht gegeben hat.

Normalerweise spinnt, verlängert, und wenn die Zeit reif ist, durchtrennt ihr den Lebensfaden von Sterblichen. Dabei geht es um Lebewesen.

Bei dem Experiment, worum es hier gegangen ist, hatte ich euch um etwas Außergewöhnliches gebeten, und ihr habt mir eure Zusage gegeben, wofür ich euch gar nicht genug danken kann."

Tyche bekam Tränen in die Augen und ihre Stimme wurde brüchig. Sie schaute von einer Schwester zur anderen, in deren Gesichtern Betroffenheit zu erkennen war.

„Es tut uns sehr leid", sagte Klotho, *„aber so sind sie nun einmal, die Sterblichen."*

Lachesis deutete ihrer Schwester, sie möge lieber still sein.

„Das ist sehr lieb von dir, Klotho", erwiderte Ty-che, „aber das muss es nicht. Ich habe vollstes Ver-ständnis dafür, dass Atropos den Faden durchtrennt hat."

„Halt, halt!", rief Atropos heftig, *„so ist das nicht."*

„Was heißt das, Atropos?", fragte Tyche erstaunt.

„Das war ich nicht. Ich habe den Faden nicht durchtrennt. Das haben die beiden schon selber ge-tan."

Tyche sah Atropos verständnislos an.

„Kannst du mir das bitte näher erklären?", sagte Tyche.

„Natürlich, meine Liebe; also hör gut zu:

Wie du ja weißt, war ich am Anfang ziemlich skep-tisch, was deine Idee anging. Aber dann siegte meine Neugier.

Ehrlicherweise muss ich aber hinzufügen, dass ich von vornherein davon überzeugt war, dass deine Idee scheitern würde. Ich hoffe, du nimmst mir das nicht übel.

Zu meiner großen Überraschung lief die Sache am Anfang recht gut. Eine Zeit lang hatte ich sogar die Hoffnung, dass es Bestand haben könnte, zumal die Kandidaten vielversprechend waren.

Im Besonderen, was die Frau angeht."

„*Du meinst Clara*", ergänze Klotho.

„*Unterbrich mich nicht!"*, sagte Atropos mit gestrengem Blick auf ihre kleine Schwester, „*ich weiß, dass die Frau Clara heißt."*

Atropos wandte sich wieder Tyche zu und fuhr fort:

„*Ich hätte mir gewünscht, dass Georg den Weg mit Clara genauso weitergegangen wäre; aber das hat wohl nicht sein sollen."*

„*Also ist Georg allein daran schuld, dass das Experiment misslungen ist?"*, fragte Tyche.

„*Langsam, langsam, meine Liebe*", erwiderte Atropos, „*ganz so einfach ist es nicht. Hör mir einfach weiter zu.*

Ein ewiges Problem zwischen den weiblichen und männlichen Sterblichen liegt in ihrer Unterschiedlichkeit. Und ich meine dabei nicht das Aussehen.

Ich denke an die Verbindung zwischen Mann und Frau, sowohl auf seelischer als auch auf körperlicher Basis.

Wenn bei zwei Sterblichen Liebe erwacht und sie eine Verbindung eingehen, dann schwingen sie scheinbar im Gleichklang.

Das mag anfänglich sogar zutreffen, ist aber nicht von langer Dauer.

Denn - und jetzt gut aufgepasst - Frauen lieben mit dem Herzen und Männer mit ihrer Triebhaftigkeit.

Angeblich gibt es Ausnahmen; aber ich glaube das nicht."

Atropos ließ ihre schwerwiegenden Worte zunächst erst einmal auf die Anwesenden einwirken, bevor sie weitersprach.

„Bei unseren Probanden war das ganz deutlich zu sehen.

Der Wunsch des Verschmelzens war zu Beginn bei beiden gleichermaßen vorhanden. Aber dann kam die Schwangerschaft. Und das veränderte alles.

Die Liebe der Frau, ich meine die von Clara, die bis zu diesem Zeitpunkt exklusiv Georg vorbehalten war, wurde jetzt gesplittet. Ein großer Teil – ich wage zu behaupten, der größere Teil – wanderte nun zu dem ungeborenen Wesen.

Und in diesem Augenblick ist von dem anteiligen Liebeslebensfaden von Clara ein kleiner, noch unbedeutender Teil gerissen.

Es war jedoch nicht genug, um wirklich Schaden anrichten zu können.

Bei Georg hingegen war der Schaden schon wesentlich weiter fortgeschritten.

Daher musste Claras Anteil am gesamten Faden die Last Georgs mittragen."

„*Moment*", unterbrach Tyche, „*heißt das, es existierten zwei Lebensfäden für die Liebe?"*

„*Natürlich*", erwiderte Atropos, „*einer für Clara und einer für Georg. Die beiden wurden dann zu einem einzigen zusammengeführt.*

Das hat uns zu Beginn heftiges Kopfweh verursacht, denn bisher hatten wir nur Lebensfäden für einzelne Personen gesponnen."

Tyche nickte als Zeichen des Verständnisses; war sich aber nicht sicher, ob sie das alles wirklich nachvollziehen konnte.

„*Und so ging das immer weiter. Ich war manchmal nah dran, das Experiment zu beenden, aber du hattest in Lachesis eine große Fürsprecherin. Sie war es, die den Faden immer wieder ausgeflickt hat."*

Tyche sah zu Lachesis, die ihr zulächelte, und sie schämte sich, dass sie Lachesis so verkannt hatte.

„Georgs Verhalten führte schließlich dazu, dass sein Faden riss und Claras Faden die Last nicht mehr mittragen konnte…"

Atropos war am Ende ihrer Ausführungen. Es folgte betretene Stille.

„Die Sterblichen sind einfach nicht fähig zu lieben."

Mit diesem Satz zerriss Klotho die Stille und mit ihr Tyches Illusion.

Atropos belegte ihre Schwester einmal mehr mit einem vorwurfsvollen Blick. Nicht etwa, dass sie Klotho damit ins Unrecht setzen wollte; allein, man hätte es etwas einfühlsamer ausdrücken können.

„Die Götter sind auch nicht viel besser", wagte Lachesis einen Versuch der Milderung, was Tyche mit einem dankbaren Lächeln quittierte.

Damit war alles gesagt. Nun war es an der Zeit, sich all den Köstlichkeiten zuzuwenden, welche Tyche liebevoll für ihre Gäste hergerichtet hatte.

Beim Verabschieden versprachen sich die vier Göttinnen, die sich an der Schwelle zu einer Freundschaft befanden, in Kontakt zu bleiben, und sich nicht aus den Augen zu verlieren.

*****

Nachtrag:

Die Verbindung zwischen Georg und Patrizia hat nicht gehalten. Als Georg ihr einen Heiratsantrag machte, hat sie ihn ausgelacht. Sie bezeichnete ihre Beziehung als eine sexuelle Spielwiese und nicht als etwas, das tauglich für eine Ehe wäre. Außerdem sei Georg viel zu alt.

*****

Jahre später, als Georg schon vom Baum der Erkenntnis genascht hatte und viele seiner Taten von Herzen bereute, versuchte er Kontakt mit Clara und den Kindern aufzunehmen, was diese jedoch stringent ablehnten.

*****

Hephaistos, Gott des Feuers und Aphrodites Ehemann, soll sie mit Ares, dem Kriegsgott in flagranti erwischt haben und sie, eingesperrt in einem Netz, den anderen Göttern präsentiert haben. Der ganze Olymp lachte. Am meisten jedoch Klotho.

*****

Tyche und Lachesis trafen sich regelmäßig, um gemeinsam etwas zu unternehmen. Ob es sich bei ihnen nur um eine Freundschaft handelte oder mehr, sollte ihr Geheimnis bleiben…

*****

Ja, ja, so ist das im Leben: „*Tempora mutantur nos et mutamur in illis.* "[15]

*****

---

[15] *Die Zeiten ändern sich und wir uns mit ihnen (Ovid)*